사랑합니다

온 마음을 다하여...

소원;

해주고 싶은 것들

변혜정

초등학교 때 윤동주, 김소월 시집을 읽고 세상의 아름다운 언어는 이미 다 쓰였다는 어린 생각에 써둔 연습장 다섯 권 분량의 시를 모두 태워버렸을 만큼 글에 욕심이 많았다. 방송국과 프로덕션에서 카피라이터로 일하며 펜 덕에 삶을 살아가기 시작한다. 1997년, 시집 ≪사랑이라는 이유만으로 그대 곁에 머물 수 있다면≫을 출간하지만 동기부여강사로서 인정받으며 글 쓰는 일은 취미 생활 정도로 여긴다. 2003년, 중증근무력증, 양성뇌종양, 중증천식 등이 발병하며 운명처럼 다시 펜을 잡아 주례사, 축사, 논문 교정, 자서전 대필 등을 하며 글 쓰는 일의 소중함, 감사함을 알게 된다. 뜻대로 움직이는 유일한 신체인 손으로, 혹여 세상을 떠났을 때 아이들에게 선물처럼 줄 수 있는 글을 하루하루 사랑으로 써내려갔고 마침내 책으로 펴냈다. 지난겨울 아이들 선물로 목도리를 뜨다가 문득 엄마 없는 보육원 아이들이 생각나 몇 개를 더 떠서 선물한 적이 있단다. 그때, 우리 아이들뿐 아니라 많은 사람이 살다 보면 엄마의 따스한 가슴과 지혜, 사랑이 담긴 조언이 필요한 순간이 있겠구나 싶어서 출간을 결심한 것이 이렇게 결실로 이어졌다.

【일러두기】

- 이 책은 2005년 11월에 수술을 앞둔 병상에서 재원이와 승원이를 위해 남긴 한 달 보름간의 일기를 바탕으로 구성되었습니다. 일부의 글은 2011년에 쓰였으며, 지은이의 의도를 훼손하지 않는 범위 내에서 교정·교열 작업을 거쳤습니다.
- 이 책의 동화 두 편에 실린 그림은 변혜정 님의 친구인 박정아 님께서 그려주셨습니다.

소원;
해주고 싶은 것들

변혜정 지음

 영진미디어

가장 힘겨운 시간을 가장 사랑하는 시간으로 채워준,
아이들에게 주는 작은 선물입니다.

2003년 여름! 살아온 날 중 가장 바빴던 겨울과 봄을 떠나보내고 오랫동안 희망하던 자리에 올라 이제야 가슴 가득 품어왔던 꿈이 이뤄지는구나 싶던 그날! 저는 정신없이 흘러간 지난 시간이 흔적조차 사라지는 것을 보았습니다. 피땀 어린 노력으로 쌓아왔던 명예도, 내 집을 마련하겠다는 목표 아래 모아두었던 돈도, 무척이나 운동을 좋아했던 내 팔과 다리도, 영원히 함께할 것 같던 사람들도, 치료하기 어려울 것 같다는 의사의 말 한마디에 떠나버렸으니까요. 그날…. 눈이 부셔 쳐다볼 수도 없을 만큼 파랗던 그날의 하늘은 그렇게 그대로 제 가슴에 멍이 되어 남는 듯 싶었습니다.

그렇게 모든 것을 잃었다고 무릎 꿇은 저를, 가족들은 그 어느 때보다 따스한 마음으로 보듬어주었습니다. 그리고 카피라이터, 방송작가, 교사, 자산관리사, 동기부여강사 등 여러 가지 이름 속에 묻혀서 잊고 지내왔던 '엄마' 라는 이름을 다시 찾아 가슴에 달게 해주었습니다. 화려하지는 않지만 '엄마' 라는 그 이름은, 내게 등을 돌려버린 험한 세상을, 내 손으로 목숨을 끊어야만 끝내질 것 같은 통증으로 가득한 이 시간을 이겨내야 할 충분한 이유가 되어주었습니다.

제게 '당신의 증상이 어떤 것이냐?' 라고 물으면 이렇게 말합니다. 마치 교통사고를 한 달에 한 번씩 당하는 것과 같은 아픔이라고…. 건강하게 지내다 교통사고를 당해 다리를 못 쓰게 되어 그 상황을 받아들이고 나면 어느 날 다시 교통사고를 당해 팔을 못 쓰게 되고, 또 그 아픔을 받아들이고 나면 또 다른 교통사고로 호흡이 힘들어지는, 온몸이 한 곳씩 서서히 내 것이 아니게 되는 고통을 받아들여야 하는, 끝나지 않을 아픔이라고 말입니다. 하지만 괴로움과 아픔에 갇혀 있다면 아이에게 세상의 아름다움과 희망을 보여주고 깨닫게 해주어야 할 엄마라는 이름이 무색하기 때문에라도, 저는 조금이라도 움직일 수 있는 몸의 일부를 찾아내 감사하기 시작했고 글을 쓸 수 있는 손가락을 자유롭게 움직일 수 있음에 다시 한 번 감사했습니다.

재원이와 승원이의 엄마로서 재산도 집도 남겨줄 수는 없지만 엄마로서 그동안 얼마나 행복했는지, 그리고 지금 두 아이의 웃음 덕분에 얼마나 많은 희망을 꿈꿀 수 있는지, 가슴 깊이 새겨져 있는 믿음과 사랑을 글로 기록해 남겨둘 수 있음에 가슴이 벅찹니다.

이 글은 가장 힘겨운 시간을 가장 사랑하는 시간으로 채워준 아이들에게 주는 선물입니다. 그리고 건강할 때부터 생각해온 '마흔 살이 되면 사회생활을 접고 바쁘다는 이유로 함께할 시간을 자주 갖지 못했던 우리 부모님과 아이들, 또 엄마나 아빠가 계시지 않아 힘겨워 하는 많은 아이를 위해 봉사하며 지내야겠다.' 라는 제 약속의 실천입니다. 재치 있고 흥미 넘치는 글 솜씨는 아니지만 세상의 모든 아들과 딸의 손에 들려, 이 책이 읽히는 순간순간, 모든 것을 주고도 미안하고 안쓰러운 엄마의 촌스러울 만큼 진실한 사랑이 전해져 따스함을 느꼈으면 하고 감히 소망합니다.

변혜정

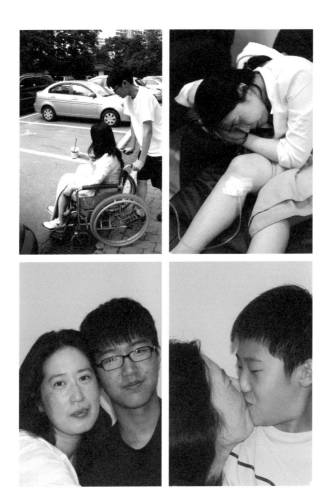

경쟁과 피곤에 지친 많은 사람이 엄마의 품처럼
따스한 휴식을 얻을 수 있는,
세상에서 가장 고귀한 사랑이 담겨 있습니다!

이 글은 '사랑하는 사람의 이름이 담긴 종이'로
만든 책입니다!

회진을 하면서 글 쓰는 것을 줄이고 쉬는 것이 좋겠다고 부탁한 적이
있습니다. 그토록 아픈 사람이 어떻게 이 많은 글을 담아낼 수 있었는
지…. 아파서 밤새 울고 아침에는 힘들게나마 웃어주는 그 의연함은 어
디서 솟아나는 것일까요? 아픈 사람에게 의사는 주는 입장으로 존재하지
만 변혜정 씨에게는 항상 받는 것이 더 많았습니다. 견디기 힘든 병마를
의연히 이겨가는 그녀를 보면 늘 존경스럽습니다. 오랫동안 입원해 있던
어느 토요일 오후, 내리쬐는 햇볕 속에 외출 신청을 해서 동행했는데 병
원 앞의 서점에서 책을 고르던 모습을 기억합니다.

이 책에는 솔직하고 섬세한 마음이 담겨 있고 생각하지 못한 깊은 지혜가 적혀 있습니다. 사람, 약속, 사랑, 삶의 여정, 건강, 친교, 경제, 믿음 그리고 가족에 대한 진실을 참 알기 쉽게 담았습니다. 이 글들은 시와 같은 문학이고 바쁜 인생을 알게 해주는 도덕책이고 철학입니다. 또한 일상생활 속에 깨닫지 못한 이면을 볼 수 있게 합니다. 무엇보다 이 글들은 진실하여 우리가 원하지 않는 현실은 차라리 가상적인 시공간처럼 느껴집니다. 세상의 모든 부모와 자녀가 오랫동안 읽고 느끼면 좋겠습니다.

이 글은 '사랑하는 사람의 이름이 담긴 종이'로 만든 책입니다. 책 속의 〈서른다섯 번째 편지. 소원 ; 해주고 싶은 것들〉에 담긴 모두를 해낼 수 있을 거라고 믿으며, 저자의 쾌유를 기원합니다.

신종욱 | 중앙대학교 의과대학 호흡기 알레르기 내과 부교수

🖋 모든 사람을 위한 따뜻한 자극제 같은 책!

변혜정은 내가 알고 있는 사람 중 가장 강한 사람입니다. 그녀를 보며 힘들 때마다 더 용기내고 일어서자는 마음을 갖게 됩니다. 그녀가 자신에게 닥친 모든 고통을 뛰어넘으며 써낸 이 책이 모든 사람에게 따뜻한 자극제가 되어 주리라 믿습니다.

조혜련 | 개그우먼, 작가

🖋 세상에서 가장 고귀한 사랑이 담긴 아름다운 가족의 이야기입니다!

오랜 투병 때문에 불행하고 힘들 거라는 선입견과는 달리, 그들 부부는 처음과 같이 사랑하고 가족 모두 서로를 위해주며 그들만의 크나 큰 행복을 누리고 있었습니다.

진심으로 그녀와 가족들을 위한 기도를 보내며, 세상에서 가장 고귀한 사랑이 담긴 이 책을 통해 경쟁과 피곤에 지친 많은 사람이 엄마의 품처럼 따스한 휴식을 얻게 되리라 믿어 의심치 않습니다.

구현욱 | 서울 윈드앙상블 오케스트라 상임지휘자

어머니의 강함과 자식에 대한 사랑을 느낄 수 있었습니다!

엄마가 아이들에게 건네는 편지처럼 포근한 이 책은 하루하루 바쁜 일상 속에서 잊고 지냈던 가족을 다시 한 번 생각할 수 있는 기회가 되어줍니다. 투정만 부리던 어린 시절을 반성하면서, 끝없는 사랑을 주시는 부모님께 감사하는 마음을 갖게 됩니다. 많은 사람을 감동시킨 어머니의 강함이 그동안 나약했던 저를 깨웠습니다. 감사드립니다. 그리고 사랑합니다.

은지원 | 가수

차 례

들어가는 글 · 4

추천하는 글 · 8

차 례 · 12

아들에게 보내는 편지 · 18

동화 1. 소라게 · 28

첫 번 째 편 지

사랑하는 천사
재원과 승원에게! · 32

두 번 째 편 지

새로운 세상에 첫발을 내딛는 순간
자신을 발전시키는 데 게으르지 말길 · 35

세 번 째 편 지

삶에서 가장 소중한 것이 무엇인지 궁금할 때
행복한가? 그 답은 네 안에 있단다 · 38

네 번 째 편 지

엄마는 못했지만 넌 잘할 수 있을 거야
과학을 공부하는 자세 · 41

다 섯 번 째 편 지

꿈을 현실로 이루고자 한다면
성공은 등산과 같단다 · 44

🍃 토막글, 하나 · 47

여 섯 번 째 편 지

하루의 시작을 무엇으로 해야 할지 모른다면
신문을 매일 읽으렴 · 51

일 곱 번 째 편 지

만남의 순간이 중요한 까닭
외모는 단정히, 항상 웃고 자신감 있는 표정을 유지하렴 · 53

여덟 번째 편지 　　　　　　　　**게임에서 졌을 때**
　　　　　　　　상대방을 진심으로 축하하고 오래 슬퍼하지 말길 • 57

아홉 번째 편지 　　　　　　　　**후회하고 있다면**
　　　　　　　　너의 선택이 최선이었음을 믿으렴 • 59

열 번째 편지 　　　　　　　　**사람에게 상처 받았을 때**
　　　　　　　　세상에서 가장 소중한 자산은 사람임을 잊지 말길 • 61

　　　　　　　　　　　　🍃 **토막글, 둘** • 64

열한 번째 편지 　　　　　　　　**지쳐서 포기하고 싶을 때**
　　　　　　　　하루에 2분은 하늘을 보렴 • 67

열두 번째 편지 　　　　　　　　**실패를 극복하는 법**
　　　　　　　　자신을 믿으렴 • 70

열세 번째 편지 　　　　　　　　**좋은 친구 사귀기**
　　　　　　　　친구 사이에 자존심은 필요 없단다 • 73

열네 번째 편지 　　　　　　　　**경험이 부족하다고 좌절하지 말길**
　　　　　　　　소경이 소경을 인도할 수 있는가? • 76

열다섯 번째 편지 　　　　　　　　**선입견이나 편견이 작용하기 쉬울 때**
　　　　　　　　이해하고 판단하렴 • 79

　　　　　　　　　　　　🍃 **토막글, 셋** • 82

열여섯 번째 편지 　　　　　　　　**일이 잘 돼서 기분이 좋을 때**
　　　　　　　　하심(下心) • 85

열일곱 번째 편지 　　　　　　　　**공간 좁히기**
　　　　　　　　다른 것과 틀린 것을 구분하렴 • 88

열여덟 번째 편지   **어려움에 부닥쳤을 때**
도움 받는 것을 부끄러워하지 말길 · 90

열아홉 번째 편지   **해야 할 일이 많아 시간이 없다고 생각될 때**
시간을 아끼렴 · 93

스무 번째 편지   **누군가가 몹시 밉고 싫다면**
미움은 될 수 있으면 빨리 없애렴 · 96

🍃 토막글, 넷 · 99

스물한 번째 편지   **끝없는 시련으로 힘들어 하고 있다면**
흐린 날도 즐길 줄 알아야 한단다 · 102

스물두 번째 편지   **더 나은 길을 가려면**
직감을 믿어보렴 · 105

스물세 번째 편지   **관계 맺음에 대한 의문이 생길 때**
그대로를 보고, 그대로를 사랑하렴 · 108

스물네 번째 편지   **부모 되기가 쉽지 않지?**
자식이란 · 111

스물다섯 번째 편지   **사람의 마음을 알 수 없을 때**
보이는 대로 믿어주렴 · 115

🍃 토막글, 다섯 · 118

스물여섯 번째 편지   **어떤 것을 해야 할지 걱정된다면**
제일 잘하는 일을 하렴 · 121

스물일곱 번째 편지   **너무 많은 빚을 지고 살고 있음을 잊지 말았으면 해**
범사에 감사하렴 · 125

스물여덟 번째 편지   사랑하는 사람과 헤어졌을 때
너의 사랑을 몰라준다고 해서 서운해 하지 말길 · 128

스물아홉 번째 편지   가진 것이 없다고 생각하니?
나눔의 아름다움 · 131

서른 번째 편지   결혼 생활에 어려움이 생겼을 때
결혼은 책임이란다 · 135

🌿 토막글, 여섯 · 140

서른한 번째 편지   잘 죽는 것은 잘 사는 것을 의미한단다
죽음에 관하여(1) · 143

서른두 번째 편지   그만두고 싶어질 때
네 마음에 물어보렴 · 147

서른세 번째 편지   믿음
보이지 않는 것, 아닌 것까지 믿는 것이 진정한 믿음이란다 · 151

서른네 번째 편지   네 마음을 몰라줘서 서운할 때
진심은 통한다, 모든 일에 마음을 담으렴 · 153

서른다섯 번째 편지   소원
해주고 싶은 것들 · 157

🌿 토막글, 일곱 · 158

서른여섯 번째 편지   돈 문제로 고민스럽니?
자산 관리는 소액에서 시작한단다 · 161

서른일곱 번째 편지   누군가 가야 할 길을 알려주었으면 싶을 때
인생은 선택의 연속이란다 · 164

서른여덟 번째 편지   **여러 가지 고민으로 괴로울 때**
너무 엉킨 실타래는 과감히 끊으렴 • 168

서른아홉 번째 편지   **누군가와 헤어져 슬플 때**
이별 후유증은 감기와 같더구나 • 170

마흔 번째 편지   **유능한 리더가 되는 좋은 방법**
칭찬을 아끼지 않는 사람이 되렴 • 174

🌱 **토막글, 여덟** • 176

마흔한 번째 편지   **많이 피곤하구나, 우리 아들**
휴식의 시간을 아깝게 여기지 말길 • 179

마흔두 번째 편지   엄마가 보고 싶을 때 • 183

마흔세 번째 편지   **외롭고 그리운 날에는**
추억에 기대기보다 추억을 만들어보렴 • 187

마흔네 번째 편지   술을 많이 마신 날 • 190

마흔다섯 번째 편지   **사람에 대한 신뢰가 깨질 때**
불안해하고 의심하며 사는 것보다
때로 상처를 받더라도 신뢰하며 살아가길 • 193

🌱 **토막글, 아홉** • 197

마흔여섯 번째 편지   이사를 하려고 할 때 • 200

마흔일곱 번째 편지   **누군가를 때려주고 싶을 만큼 미울 때**
차라리 맞아 주는 편이 다리 펴고 살 수 있는 법이란다 • 203

마흔여덟 번째 편지   **만약 지금이 삶의 마지막 순간이라면**
죽음에 관하여(2) • 206

마흔아홉 번째 편지 약속 • 211

쉰 번째 편지 확률 게임 • 214

🌿 토막글, 열 • 217

마치는 글 • 220
가족과 지인의 편지 • 223
동화 2. 나무의자 • 232

너희를 향한 사랑을 가득 담아, 엄마로부터….
재원, 승원에게!

한 번쯤은 이렇게 엄마의 삶을 정리한 글을 너희에게 선물하고 싶었단다. 물론 그 시기가 이렇게 젊은 나이일 줄은 생각하지 못했어. 하지만 엄마의 모든 것인 너희가 엄마의 지나온 시간을 이해하고 함께 위로하고 더 나은 삶을 이뤄가기 위해서는 꼭 필요한 일이라 생각했기에, 마흔한 번째 생일을 갓 넘겨낸 오늘 이 글을 쓴다.

엄마는 41년 전 여름, 지금처럼 자상하셨던 무엇보다 딸들에게는 최고의 아빠였던 할아버지와 옷 한 벌, 간식 하나 손수 하신 것이 아니면 당신의 아이들에게 입히지도 먹이지도 않으셨던 손재주 많은 할머니의 둘째로 태어났단다. 그리고 왜 그랬는지 어려서부터 몸이 약해서 할머니와 할아버지의 속을 끓이기도 했지만, 할아버지가 퇴근하시기 전에는 잠들지도 않고 기다렸다가 안마도 해 드리고 두런두런 이야기도 나눴던 애교

많은 딸이었지.

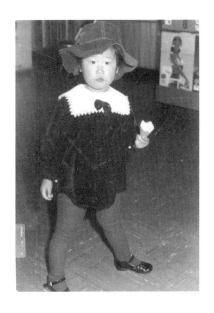

　운이 좋았던 아이였던지라 성악, 피아노, 테니스, 수영, 미술 등 배우
지 못한 것 없이 다 익혀가며 어린 시절을 보냈단다. 무엇보다 글쓰기와
노래하기를 좋아해서 어린이 노래자랑에 나가기도 하고 어린이 잡지에
시를 기고해서 상을 타기도 하며, 맘껏 재능을 뽐내던 욕심 많은 아이였
지. 하지만 하느님께서 엄마에게 좀 더 넓은 세상을 알려주려는 마음이
있었는지 엄마가 고등학교에 다니던 때, 할머니의 사업이 점차 어려워지기
시작했고 대학교에 입학했을 때는 엄마가 학비도 벌고 셋째 이모와 넷째
이모의 학원비도 내줘야 할 만큼 어려운 생활을 경험하게 되었단다. 그

때부터 엄마의 삶은 고단함이 무엇인지, 정말 힘들고 참을 수 없는 것이 무엇인지, 그리고 내가 원해도 가족을 위해서 못하는 것이 생겼을 때의 괴로움이 무엇인지를 알게 되었단다.

대학교에서는 엄마가 원하던 공부를 했기에 수석졸업까지 하게 되었지만, 국사학을 전공하기에는 집안 형편이 너무 어려웠고 결국 전공 분야로의 진학을 포기하게 되었어. 그때부터 낮에는 방송작가, 카피라이터로 일하고 저녁에는 조금 더 나은 조건에서 교사로 일하기 위해 필요한 상담심리학을 공부하는 대학원생으로 지내야만 했단다. 너희가 자랑스러워했던 엄마의 교사 시절도 그때부터 시작되었던 거야.

돈을 벌어야 할지도 모른다는 생각에 대학교에 다니면서 교육학을 부전공하고 밤에는 방송작가 교육원을 다니며 어려서부터 좋아하던 글쓰

기를 계속할 수 있었지. 그랬기에 졸업한 후 취직도 바로 되고 임시 교사 발령이 나서 시간 강사로 일하며 경력도 쌓을 수 있었단다. 바쁘긴 했지만 그래도 엄마에게는 행복했던 시절이었지. 그러다 컴퓨터 동호회에서 아빠를 만나게 되어 결혼을 했고, 바로 재원이가 엄마에게 선물로 내려왔기에 엄마는 밤샘 작업과 출장이 많은 글 쓰는 일을 포기하고 고등학교에서 아이들을 가르치는 일의 비중을 늘리게 되었단다. 물론 승원이를 낳고 우리 승원이가 준 선물로 그날 바로 정교사 발령을 받게 되어 다른 일을 할 여건이 되지 않기도 했지만, 그때는 아이들을 가르치고 저녁이면 웃음 가득한 아가들의 얼굴을 보는 행복이 얼마나 컸는지 너희도 부모가 되면 알 거라고 생각한다.

너무나 어린 너희를 일찍부터 놀이방에 맡겨야 하는 것이 한없이 미안하기는 했지만 아빠가 사업을 막 시작하던 시기였고, 너희를 키우며 새로운 꿈을 만들어가야 했기에 엄마는 정말 열심히 일을 해야만 했단다. 하지만 행복은 그리 길지 않더구나. 친할아버지가 돌아가시고 난 후 아빠도 사업이 어려워지면서 과로로 쓰러지시고…. 엄마가 우리 식구들의 삶을 감당해야 하는 현실이 그렇게 만만치는 않았거든. 결국 엄마는 고민 끝에 학교를 그만두고 평일에는 영업사원과 동기부여강사로, 주말에는 과외교사로, 야간에는 축사나 자서전을 써주는 대필작가로 일하는 바쁜 생활을 하게 되었단다. 물론 하루에 두 세 시간도 못 잘 때가 잦았을 만큼 바빴지만, 출퇴근하는 엄마를 힘들게 하지도 크게 아프지도 않고 잘 자라준 너희를 보는 즐거움에 힘들다는 생각보다는 빨리 자리를 잡아야겠다는 욕심이 앞서 더 부지런하게 살았던 시간이었다.

하지만 급히 먹는 밥이 체하듯 엄마는 엄마의 시간을 너무 쉼 없이 채우는 데만 급급했던 이유로 돌이킬 수 없는 진단을 받게 되었단다. 그날 이후 8년간 엄마는 생사의 고비를 넘나들며 어쩌면 지금 이 삶조차 기적인 것처럼, 감사한 마음으로 그간의 깨달음을 글로 옮기며 지금까지 이렇게 살아오고 있구나.

그간의 모아둔 재산도 잃고 호흡이 짧아지며 쌓아왔던 동기부여강사로서의 명예도 잃고 무엇보다 가족들의 마음을 아프게 하며 살아야 했던 시간 속에서, 이 모든 고통이 죽어야만 끝난다는 단순한 생각만으로 포기하고 싶었던 순간도 많았지. 하지만 엄마가 울고 힘겨워하면 엄마를

지켜보는 너희와 아빠, 할머니, 할아버지, 이모들 그리고 친구들이 모두 더 힘들고 우울해질까봐 걱정도 되었고, 삶이 버겁고 통증이 괴롭기는 하지만 돌아볼 때 그리 외롭기 만한 인생도 아니었음이 감사해 매일 웃으며 보내려고 노력한단다. 하지만 어제도 그랬듯이 괜찮은 듯싶다가도 갑자기 숨도 쉬어지지 않고 먹은 것을 토해내는 날이면 오늘이 마지막은 아닐지 불현듯 괴롭고 힘이 드는구나. 특히 그런 날 너희를 볼 때면 까닭 없이 눈물이 나고 가슴이 아려온단다.

그렇지만 재원아! 승원아! 뭐든 얻는 것이 있으면 우리가 내려놓아야 하는 것이 있듯이 잃는 것이 있으면 무언가 분명히 얻어지는 것이 있는 법이란다. 엄마는 그날 이후 사람을 용서하는 법을 배웠고 삶에서 중요한 것은 내 집도, 돈도 아닌 사람이라는 것…. 그리고 가족과의 추억은 그날그날 쌓아가지 않으면 안 되는, 어느 날 갑자기 메워지는 것이 아닌 소중한 선물이라는 것을 배웠기에 누구보다 값진 시간을 보낼 수 있었음을 고백한다. 아프고 난 뒤 오히려 우리는 더 많은 시간 동안 웃을 수 있었고 서로 용서하고 이해할 수 있었다는 이야기를 우리 재원이도 했었지? 재원이의 말처럼 엄마가 아파온 시간은 우리가 더 사랑하는 시간이기도 했으니 어쩌면 감사해야 할 일인지도 모른다는 생각까지 드는구나.

일주일 전쯤 인터넷에 엄마를 헐뜯는 글을 올리고 우리 가족을 힘들게 한 사람을 보고 승원이는 왜 아무 말도 하지 못하게 하냐며 눈물을 흘리며 서운해 했었지. 엄마가 그래도 참으라고, 용서해주라고 말했던 것이 기억나는지 모르겠구나. 살다보면 가만히 참아내기에는 심장이 용서하지 못할 것처럼 뛰고 주먹이 불끈 쥐어지는 답답하고 억울한 순간이 온다. 엄마 역시 늘 웃는 것 같지만 순간순간 화내고 싶어질 경우가 있는

데, 그 사람은 내가 아니니까 그럴 수도 있겠구나, 그것이 그 사람의 삶이구나 하며 이해하려 애쓴다. 그 이유는 우리에게 주어진 삶의 시간이 누군가를 욕하고 헐뜯기에는 너무나 아깝기 때문이란다. 엄마가 너희에게 쓴 글 속에도 있지만, 믿지 않으려 하는 사람은 어떤 말을 해도 믿지 않고 자신의 생각만을 주장하기 바쁠 거야. 그렇다고 이 세상 모두가 우리를 이해하고 사랑해주지 않는다며 속 끓이기에는 세상에는 봐야 할 아름다운 것들이, 들어야 할 맑은 말들이, 사랑해야 할 소중한 사람이 너무나 많다는 것을 생각했으면 한다.

내 사랑, 재원아! 승원아! 세상 누구보다 사랑하는 내 아들들! 언제부터인가 엄마, 아빠, 남편, 아들, 딸과 같은 가족을 부르는 호칭이, 부르는 것만으로도 이렇게 가슴이 미어지고 눈물이 나는구나. 눈에 넣어도 아프지 않다는 말이 있듯이 너희를 보는 것만으로도 엄마는 환하게 웃게 되고 세상이 내 것인 듯 아프지도, 괴롭지도 않단다. 그건 엄마의 모든 것을 다해 너희를 사랑했기 때문일 거야. 가족은 그렇게 나를 절절히 슬프게도, 뛸 듯이 기쁘게도 하는 또 다른 나이니까 말이야. 부디 아빠와 엄마에게서 받은 사랑을 너희의 삶 속에 함께하는 많은 사람과 나누고 전하는 사랑을 할 줄 아는 사람이 되기를 기도한다. 하느님께서는 언제나 마음속에 계시듯 엄마도 항상 웃으며 너희 곁에서 지켜줄 테니 어느 순간에도 외로워하지 말고 당당하게 살아가길 바란다.

엄마가 큰 재산, 큰 집을 남겨 주지는 못하지만 너희의 삶 속에 있을지 모를 슬픔과 고독은 덜어주고 행복과 기쁨은 두 배로 만들어줄 큰 사랑을 남기고 갈게. 부디 우리 집 가훈처럼 마음껏 사랑하고 살자. 그렇게 따스하게 웃으며 살아가자. 모든 것을 다해 사랑했고, 이 삶이 다해 육신이 흩어져도 재원이와 승원이를 향한 엄마의 사랑만은 영원할거야. 다시 한 번 기억하렴. 사랑한다! 내 아가들아!

소라게

변혜정 지음

소라게 두 마리가
빈 집을 이고 다닙니다.
언젠가 아가들을 키울 만큼 널찍한 집을 골라
이고 다닙니다.

젊은 신랑 먼저
하늘나라 여행 보내고
삼남매 업고 안고 기저귀 끈으로 허리춤에 동여매고
투박한 떡시루에 올망졸망
네 식구 꿈까지 이고 다닙니다.

하루 종일을 헤매서야 작은 입에
끼니를 넣습니다.

겨울 바닷가
얼기설기 엮은 지붕
밤바람에 흔들리면
떨어질까, 날아갈까
깍지 낀 손
힘주어 세차게 끌어안습니다.

먹지 않아도
배가 부른 어미의 고단한 하루가
또 한 번 저물어 갑니다.

새벽 아침
밖으로 나가는 어깨가 무겁습니다.
한창인 아가들의 꿈을 담기에
어미의 시간이 너무 버겁습니다.

그래도 힘겹게 지켜온 가족입니다.

함께이기 위해 어미는
제 삶과 제 꿈을 비워냅니다.

오늘도 내일도 소라게 가족은 바닷가를 헤맵니다.

언젠가는 모두의 꿈에 맞는 집을 찾아 이고 다닐 것입니다.

그리고 그날,
어미 소라게는 아빠 소라게를 찾아
하늘나라 여행을 홀로 떠났습니다.

사랑하는 천사,
재원과 승원에게!

엄마가 태어나서 지금까지 사는 동안, 행복했던 순간이 언제였는지 아니?

어릴 적 아버지, 그러니까 우리 재원이와 승원이에게는 할아버지가 옛날이야기를 들려주신다고 '옛날에 금잔디 동산에….' 로 시작하는 〈메기의 추억〉을 불러 주셨을 때, 바나나와 과일 통조림이 먹고 싶어 꾀병을 부리면 속아 주시며 맛있는 것을 사다 주실 때, 처음 남자 친구로부터 사랑한다는 고백을 받았을 때, 대학교 합격 소식에 기뻐하시던 엄마를 바라볼 때, 합격을 확인하고도 일부러 학교에 찾아가 명단 앞에서 소리 지를 때, 결혼 서약을 마치고 남편의 손을 잡고 돌아 나올 때….

아프고 난 후부터 '나는 왜 이렇게 불행한가? 이제 좀 살만한가 싶으니까 몸이 아파 병원 신세를 지다니…' 하며 자책의 시간을 보냈었는데 돌아보니 일일이 적을 수도 없을 만큼 행복한 순간이 많았더구나.

그렇게 셀 수 없이 많은 순간 중 가장 행복했던 순간은 너희를 품에 안았을 때이다. 세상을 온전히 내 손에 쥔 것처럼 기뻐서 어쩌면 다 지키지도 못할 수많은 약속을 했단다. 유난히 진통이 길어 삼일 넘게 온몸이 부서져 나가는 것같이 괴로웠지만, 초유를 먹이겠다는 의지가 강했기 때문에 회복실을 나오면서부터 모자동실을 하며 젖을 물리고 보듬었지. 너무 작고 어린 너희의 손과 발을 만지며 손가락 발가락은 제대로 있는지, 젖을 빠는 힘이 약하지는 않은지 밤을 꼬박 지새우기도 했었단다.

재원아! 승원아! 어른들 말씀대로 눈에 넣어도 아프지 않을, 너무나 귀한 사랑아! 너희의 얼굴에 여드름이 나고 예민해지는 청소년이 되고, 사회 활동도 활발히 하는 대학생으로 자라며, 직장인이 되어 사랑하는 사람과 데이트도 즐기는 모습을 보고 싶지만, 꼭 병을 이겨내 함께 웃고 울어 주고 싶지만, 만에 하나 그렇지 못할 경우도 있다는 것을 우리는 인정해야 할 것 같구나. 가끔 잠이 들었다가도 숨이 막혀 일어날 때나 기침이 심해 온몸이 땀에 젖을 만큼 힘이 들 때는 이대로 끝나는 것은 아닐까 더럭 겁이 나기도 하거든.

이 글은 그런 만약의 경우를 대비해 엄마가 너희에게 주는 선물이란다. 늘 곁에서 지켜주고 챙겨주고 싶었던 마음을 적어보니 이렇게 많은 내용이 되더구나. 의사가 돼서 엄마의 병을 고쳐 주겠다던 재원이, 장사해서 돈을 많이 벌겠다던 승원이가 엄마에게 묻고 싶은 것이나 힘든 일이 있을 때마다 이 글을 통해 해답을 찾을 수 있었으면 한다.

　재원아! 승원아! 너희는 하늘이 엄마에게 내려 준 최고의 선물이란다.
무엇과도 바꿀 수 없는 최고의 선물! 사랑한다. 하늘만큼 땅만큼, 드넓은
우주만큼.

엄마의 돌사진

재원이와 승원이가 백일 되던 날

새로운 세상에 첫발을 내딛는 순간
자신을 발전시키는 데 게으르지 말길

　상자의 입구를 천으로 막아 놓고 손을 집어넣어 보렴. 손을 넣어도 별다른 사고는 일어나지 않으리라는 것을 알고 있음에도 조금은 주저하게 된단다. 마치 상자 안에 손을 넣으면 들어 있는 무언가가 헤치기라도 할 것처럼…. 그 두려움의 원천은 무지(無知) 즉, '모른다는 것' 때문이다. 상자에 무엇이 들어 있는지 모른다는 것, 그로 말미암아 내가 해를 입게 될지도 모른다는 막연함 때문에 겁이 나는 거야.

　세상을 살아간다는 것도 이와 같은 이치라면 이해하기 쉬울까? 한 발 한 발 내디딜 때마다 혹시 굳지 않은 땅에 내디뎌 진흙에 빠지는 것은 아닌지, 잘못된 길로 들어서는 것은 아닌지, 지금 선택이 옳은 것인지, 1분 아니 1초 후에 내게 일어날 일조차 예상하지 못하는 것이 사람인지라 우리는 모두 무의식중에 항상 긴장하며 살아가고 있단다. 하지만 많이 알려고 노력하고 겸허한 자세로 배워 자신을 풍요롭게 한다면 막연함은 계획으로, 두려움에의 움츠림은 실천으로 바뀌어 자신 있게 걸음을 옮겨 앞으로 나아가게 될 거야.

자기 자신은 가장 힘이 되어주는 동반자임과 동시에 가장 무서운 적이기도 하단다. 두려움이 많은 자는 여러 번 죽으나 용기 있는 자는 한 번 죽는다는 말이 있어. 열심히 운동하고 지식을 쌓는 데 게으르지 않은 사람은 본인이 가진 지식의 양적인 풍요는 물론 주위에도 좋은 친구가 많아 더 풍부한 대화와 경험을 공유하게 된다는 것을 믿고, 자신부터 갈고 닦아야 한단다.

오늘을 열심히, 온 힘을 다해 사는 것도 좋지만, 거기에 머무르지 않았으면 한다. 지금의 나를 정확히 파악하고 있다면 미래에 어떻게 될 것인가에 대한 식견은 당연히 지니게 될 거란다. 지금에 충실하다는 것은 동시에 내일의 준비도 완벽히 되어 있다는 거야. 너희의 일기에는 '오늘 이러이러했다.'가 아니라 '오늘 이러했기에 내일은 이렇게 할 것이다.'라는 말로 끝맺을 수 있기를 희망한다.

길을 걸을 때, 항상 함께라는 것을 있지 않기를 바래!

사람은 참된 자아가 풍부할수록 외부 세계에 요구하는 것이 적어지며 다른 사물 같은

건 그에게는 있건 없건 아무 상관없는 것이 된다.　　　　　　　　　　- 쇼펜하우어

삶에서 가장 소중한 것이 무엇인지 궁금할때

행복한가? 그 답은 네 안에 있단다

엄마가 자주 아파서일까? 너희는 아기 때부터 죽음에 대한 질문을 유난히 많이 했단다. 특히 승원이는 가끔 동그랗고 맑은 눈에 눈물이 가득 고여서는 '엄마도 나중에 할머니가 되고 죽어? 그럼, 그다음엔 형아가 할아버지가 되고, 형아도 죽고…. 그러면 승원이 밖에 안 남잖어….' 라며 울먹이곤 해서 엄마의 마음을 더 아프게 했지.

아마도 막내여서 그런 불안감이 더 큰 거라 생각되는구나. 그런 질문을 들을 때마다 엄마는 안 죽는다고 거짓말을 해서라도 안심을 시켜야 할지, 당연히 엄마도 늙고 할머니가 되어 언젠가는 죽는다고…. 어쩌면 생각지 않게 그런 슬픔의 시간이 더 빨리 닥칠지도 모른다는 것을 솔직하게 이야기해야 할지 몰라 무척 당황스러웠단다. 하지만 아직은 살아 있기에 단정 지을 수는 없지만 죽음이 그렇게 나쁘고 무서운 일만은 아닌 것 같으니 걱정하지 말았으면 좋겠다는 말을 해주고 싶구나. 미리 준비만 한다면 말이야.

죽음에 이를 수 있는 치명적인 질병에 걸린 환자의 경우, 삶이 얼마 남지 않았다는 이야기를 들으면 대부분 다음과 같은 단계를 거쳐 반응한다고 한다. 첫 번째는 현실 회피의 단계로, 자신에게 그런 일이 일어날 리 없다는 강한 부정을 하고, 두 번째는 두려움의 표출 단계로, 왜 자신에게 이 같은 불행이 닥쳤는지 모르겠다는 피해 의식에 화를 내고 주변 사람들을 원망하게 된다고 하지. 물론 이 단계에서 죽음에 대한 공포감에 사로잡히곤 한다. 세 번째는 현실 적응의 단계로서, 자신의 병을 받아들이며 치료에 순응하거나 포기하는 결단을 내리게 된단다.

그렇다면 각 단계를 거치는 동안 극도의 불안과 공포, 슬픔을 체험하는 이들에게 눈물만이 존재할까? 꼭 그렇지만은 않단다. 그들은 자신의 삶을 뒤돌아보며 잘 살아왔다고 자신을 칭찬하기도 하고 자신이 이루어 놓은 삶의 업적(가족, 사회적 성공, 명예, 경제적 능력, 인맥 등)에 만족하며 미소를 짓기도 한다. 얼마 못 가 죽는다는 현실은 변하지 않지만, 이미 자신에게 일어난 일들을 어떻게 받아들이느냐에 따라 고통 속에 일그러진 모습으로도, 누군가의 품 안에서 웃으면서 잠들기도 하는 거란다.

모든 시작에는 끝이 있고 우리 삶의 끝은 죽음이겠지. 그렇다면 우리의 마지막은 어떤 모습이어야 할까? 기왕이면 마지막 숨 쉬는 그 순간까지 웃을 수 있어야 하지 않을까? 어쩌면 내일일 수도 있는 그 순간을 위해 하루하루 온 힘을 다하고 작은 일에도 감사하는 마음을 가질 수 있게 되기를 바란다. 내일 지구가 멸망하더라도 한 그루의 사과나무를 심는 마음처럼 오늘 하루를 더 살 수 있었음에 행복했노라고 말할 수 있는 유일한 존재는 자신뿐임을 잊지 말았으면 좋겠구나.

윤동주님의 〈서시〉에 나오는 구절처럼 하늘을 우러러 한 점 부끄러움 없이 충실히 살아가기를 바란다. 그렇게 성실하고 감사하며 사는 삶이 곧, 잘 죽기 위한 최고의 준비이기도 하니까 말이야.

석양의 아름다움처럼 삶은 끝까지 가치 있는 것이란다.

행복은 자기 자신에게 만족하는 자에게만 있다.　　　　　 – 아리스토텔레스

엄마는 못했지만 넌 잘할 수 있을 거야
과학을 공부하는 자세

　학생 시절 엄마의 고민을 털어놓자면 과목별로 성적 차이가 너무 크다는 것이었단다. 국어, 국사, 윤리, 사회 성적은 좋았는데, 수학과 과학은 너무나 나빴거든. 어떤 과목을 시험 보느냐에 따라 등수도 크게 달라질 만큼 엄마는 기초 과학 분야에는 재주가 없었어.

　너희가 엄마 뱃속에 있을 때 그런 엄마를 닮아 수학, 과학을 싫어하거나 못할까 봐 고등학교 수학 참고서를 사다가 풀어 보기도 하고 구구단을 외우기도 할 만큼 걱정스러웠단다.

　하지만 얼마 전 의사 선생님께서 선물해주신 《코스모스》라는 책을 읽은 후부터는 생각이 달라질 수 있었지. 과학이 생활과 멀리 떨어진 것이 아니라는 점도 배웠고, 어쩌면 그 어떤 학문보다 아름답고 훌륭한, 그리고 상상의 나래를 넓게 펼칠 수 있게 해 주는 학문이라는 생각에 감동을 했거든. 과학이 무엇이냐고 물어보면 조금은 설명해 줄 수 있을 정도로 자신도 생겼고, 진작 과학 서적을 접하고 좀 더 쉽게 받아들였다면 지금 엄마의 삶은 좀 더 풍부해졌을 텐데 싶어 아쉽구나.

조금은 재미가 붙고 자신도 생겨서 그 후로 몇 권의 책을 더 읽으면서, 너희가 과학을 공부하고 싶다면 갖추어야 할 점을 몇 가지 생각해 봤는데, 한 번 들어보렴.

첫 번째, 책은 가리지 말고 읽어야 하지만 특히 과학 잡지를 눈여겨보았으면 한다는 점이야. 과학 잡지는 인류학, 물리학, 천문학, 의학 등 각 분야의 전문 지식을 대중이 함께 호흡할 수 있도록 편집해 놓은 것으로, 과학에 대한 막연한 두려움을 제거하는 데 무엇보다 큰 도움이 될 거란다.

두 번째, 지금 이성적이라고 믿고 있는 이론조차 너무도 감정적인 자신의 희망이자 욕구일 수 있으므로, 절대적인 신뢰나 진리를 반드시 제거해야 한다는 점이야. 모든 것은 그럴 수도 있다는 가설을 인정하는 상태에서 시작해야 한다는 의미이지. 이전부터 존재해오던 작은 것에 대한 순수함과 호기심, 그럴 수도 있다는 개방성은 삶을 더욱 재미있게 만들어 줄 거란다.

세 번째, 이론과 실제가 함께해야 성공한다는 거야. 엄마가 대학교 때 읽은 《지식인의 변명》이라는 책에도 이렇게 나와 있단다. 지식인이 지닌 최고의 맹점은 실천력의 부재라고…. 알고 싶은 것이나 떠오르는 생각들을 그냥 버리지 말고 메모해 두었다가 실험해 보아야 한다. 과학의 세계는 어릴 적 읽은 동화의 세계처럼 무한하니까 말이야.

수학적 발견의 원동력은 논리적인 추론이 아니고 상상력이다.   − 드모르간

다섯 번째 편지

꿈을 현실로 이루고자 한다면
성공은 등산과 같단다

　성공하려는 노력은, 자신의 체력과 그날의 기상 여건 등의 여러 상황
을 종합한 후 저마다의 목표치를 정하고, 안전한 산행을 위한 준비를 하
며 목표 지점을 향해 한 걸음씩 내딛어가는 등반과 같단다.

　물론 어느 분야에서 어느 정도의 위치에 올라 무엇을 얻을 것인가에
따라 조금씩 다르긴 하겠지? 하지만 각자의 목표를 설정하고, 지금 자신
이 갖추고 있는 조건과 채워야 할 부족한 부분을 정확히 진단한 후 준비
해야 하며, 목표와 방법을 선택한 후에는 강한 집중력으로 노력해야만
가능한 일이란 것은 똑같단다. 물론 하나의 산정상을 오르고 나면 또 다
른 산을 오르듯, 하나의 성공을 이룬 사람은 원래의 그 자리에 머물지 않
고 또 다른 성공을 위해 노력하지. 엄마는 너희가 성공하기 위해 정확한

목표와 방향을 갖기를 희망하며, 그 방법으로 설정된 목표를 구체화하여 다른 사람들에게 공표하고 자신에게도 각인시키기 위해 잘 보이는 곳, 자주 시선이 머무는 곳에 적어 놓았으면 한단다. 사명 선언서를 작성하는 것도 한 방법이라고 생각해. 그렇게 한다면 절대 중간에 포기하는 일은 없게 될 것이며, 설혹 이탈하더라도 제 길을 찾아오는 데 수월함은 물론 어느 지점까지 올라왔는지 점검해 나갈 수도 있을 테니까 말이야.

등반에도 나침반과 셰르파가 필요하듯이 무사히 성공에 이르도록 도와줄 지도자가 있다면 훨씬 빠르게 도달할 수 있겠지? 이 모든 과정에서 강조하고 싶은 점은 목표와 방법을 선택한 후의 강한 집중력으로 오직 그것에만 매진하라는 거란다. 의지를 꺾어 놓을 만한 상황이 와도 내가

자연의 순리를 따라 소리를 내렴.

선택한 목표에만 집중하고 그 길만 묵묵히 걸어 가면 되는 거야. 가는 길 목에서 다른 아름다움에 심취해 주저앉는다면 삶의 자세가 안일해질 수 있기 때문이란다. 그저 묵묵히 실천하도록 하렴. 숭산 스님의 말씀처럼 그저 할 뿐이라는 자세로…. 그리고 믿으렴. 너는 성공할 수 있다는 것을 말이야.

only do. 생각을 끊으면 됩니다. 무엇이든 할 때 오직 그것만 하십시오. 쉴 때 쉴 뿐, 일할 때 일할 뿐, 먹을 때 먹을 뿐, 오직 할 뿐이라는 마음가짐으로 하면 됩니다.

－ 숭산 스님

토막 글, 하나

재원아! 승원아! 이 글들은 엄마가 하루하루를 보내면서 써놓았던 짧은 글 중 너희에게 보여주고 싶은 글을 모아 놓은 거란다. 매일 일기를 쓰는 것이 좋았겠지만 왠지 쑥스러워 그날그날 기분을 트위터(twitter)에 올려놓고는 했는데, 시간이 흐르고 나니 힘들었던 날도 괴로웠던 날도 지금은 고개를 끄덕이며 볼 수 있는 여유가 생기는구나. 삶이라는 게 지나고 보면 웃어질 수 있다는 점에 새삼 감사하다. 너희도 주어진 시간을 보내고는 단 몇 줄이라도 기록해놓는 습관을 갖게 되었으면 하는 바람으로 옮겨본다.

● 첫 번째 이야기

빈 벽에 해야 할 일, 써야 할 글의 소재들을 방 안 가장 잘 보이는 곳에 써 놓았습니다. 집중이 안 되고 자꾸 잊게 되다 보니 내게도 할 일이 있음을 스스로에게 알려주기 위해서…. 할 일이 있다는 것은 삶의 또 다른 이유가 되어주기 때문입니다.

● 두 번째 이야기

완연한 가을입니다. 나무들이 자신의 삶을 흙에게로 돌려주고 또 다른 삶을 준비하네요. 한 번쯤은 낙엽을 밟으며 해 질 녘까지 걸어보고 싶습니다. 그렇게 걸으며 잠시 잊었던, 제 삶의 주인공은 자신이었다는 사실을 새삼스레 찾아보고 싶습니다. 언젠가부터 나 아닌 다른 이들의 도움 없이는 일상생활이 힘들어지면서 내 삶은, 온전히 함께하는 이들의 계획에 맞추어 움직여야 했기에 나를 찾을 수 없었습니다. 하지만 내가 없을 것 같았던 시간에도 그들 모두는 나를 향한 소원을 빌고 나를 위한 배려로 시간을 채워왔고 그 속에 슬펐고 기뻤던 사람 역시 나 자신이었음을 다시 한 번 깨닫게 됩니다. 마치 낙엽이 새 생명을 위해 자신을 흙에 녹여내듯 부모님과 가족들, 친구들 모두의 사랑은 나의 새로운 하루를 위해 내 삶 속에 녹아 있습니다.

● 세 번째 이야기

같은 바다인데도 서해바다는 질펀한 삶의 고단함, 택시 타고 떠나는 손자 등 뒤에 서서 한없이 손을 흔드는 할머니의 이마 주름에서 풍기는 삶의 아름다움이 느껴지고, 남해바다는 먹먹하고 시린 삶의 아픔, 아버지의 너른 등에서 느껴지는 삶의 듬직함이 있습니다. 그리고 동해바다는 가슴 시린 삶의 서러움이 느껴지면서도 때로는 아이들의 해맑은 미소처럼 아름다운 보물창고 같은 느낌을 줍니다. 같은 바다, 같은 하늘을 보고도 우리는 각기 다른 생각, 다른 느낌을 갖습니다. 살아온 시간 동안 다른 환경에서 다른 추억을 쌓았기 때문이겠지요.

● 네 번째 이야기

세상의 아름다움이 때로는 시샘이 나고 속상했던 적이 있었죠. 제 것이 아닌 것 같아서요. 하지만 요즘은 하루하루 다른 이 세상이 감사하고 병원 속에 갇혀 있는 시간이 더 많음에도 눈으로, 손으로 자연을 그릴 수 있기에 행복합니다.

● 다섯 번째 이야기

지난주 토요일부터 급격히 나빠져 오늘 아침에는 제발 하느님 곁으로 이제 데려가 달라고 간절히 기도했더랍니다. 몸의 통증도, 세상살이의 시름도 이제는 감당하기가 벅차고 지친다고…. 혼자서 울고 있는데 힘내라는 친구의 메시지를 받습니다. 마치 제 곁에서 지켜보고 있었던 것처럼…. 혼자가 아니었습니다. 오늘따라 혼자가 아님이 정말로 감사합니다. 어떻게든 살아내겠다고 약속했었는데 이렇게 무너질 수는 없었기에 다시 한 번 힘을 내보았습니다. 저 역시 언젠가는 누군가에게 힘이 되어주는 사람이고 싶습니다.

● 여섯 번째 이야기
누구에게 어떤 의미로 남아질 수 있다면, 무심코 마주하는 생활 면면이 저를 떠올리게 하는 것들이 있다면 좋겠습니다. 안개꽃과 옥수수, 고구마, 계란, 치킨, 수박, 멜론, 이외수 님과 법정 스님의 에세이와 박완서 님의 엄마 품같은 소설을 사랑합니다. 그리고 빼놓을 수 없는 커피도 제가 사랑하는, 저를 기억나게 하는 것이었으면 합니다.

● 일곱 번째 이야기
숨이 턱까지 차올라 입술이 파랗게 변하고 의식도 희미해질 무렵, 저를 꼭 끌어안고 "엄마, 괜찮아. 괜찮아." 하며 토닥여주는 둘째 아이의 작은 손에서 평온함을 느낍니다. 사랑합니다. 이 작은 아이를 절대 혼자이게 두고 싶지 않습니다.

● 여덟 번째 이야기
혹시 본인의 휴식이 너무 길어진다고 불안해하지 않았으면 합니다. 놀고 있는 것이 아니라 쉬고 있는 것이니까요. 자신에게 관대해졌으면 합니다. 몸을 움츠리지 않고는 멀리 날 수 없으니까요. 우리 모두 파이팅!

● 아홉 번째 이야기

시험을 잘 못보고 돌아와 힘이 빠진 큰 아이…. 워낙 공부에는 관심이 없는 녀석이라 엄마는 실망하지 않았는데 다른 때는 웃어넘기더니 오늘은 왜 그러는지 기운을 못 차리네요. 성적표를 보고는 내심 화도 나고 서운했지만 꼭 안아주었습니다. 괜찮다고…. 공부를 더 하면 좋은 결과 얻을 수 있다고…. 앞으로도 힘든 일, 좌절하는 일이 많을 텐데 그럴 때마다 곁에서 함께 아파하고 격려해주고 싶은데 얼마나 그럴 수 있을지…. 못나온 성적표보다 그것이 더 가슴 아픕니다. 너무나.

● 열 번째 이야기

잠시 동네 슈퍼에 다녀오는 길에 큰 아이가 말합니다. "엄마! 엄마가 휠체어를 탈 수 밖에 없는 것도 하나님의 뜻일 거예요. 건강했다면 이렇게 함께 있는 시간이 많지 않았을 테니까요. 우리 감사하게 생각해요." 오늘따라 커 보이는 우리 아들 녀석. 혹 안 좋은 일이 있었더라도 힘냈으면 합니다. 분명히 하나님의 계획이 있으실 테니까요.

50

하루의 시작을 무엇으로 해야 할지 모른다면 신문을 매일 읽으렴

서점에서 마음에 드는 책을 사서 읽는 것도 좋지만 매일 새로운 정보를 얻을 수 있는 가장 좋은 글은 신문이란다. 물론 과거에 이러했기에 미래에도 같은 결과를 가져올 거라는 추측(순환론적인 역사관)이 무조건 옳다고 볼 수는 없겠지.

하지만 최소한 지금 일어나고 있는 일도 분석하지 못하면서 앞일을 내다볼 수 있는 혜안을 가질 수 있을까? 어제, 오늘의 일들을 담아 놓은 신문 읽기는 더욱 필요한 일과라고 생각한다. 지금은 어린이 신문을 읽는 것부터 시작하지만 조금 더 자라 어휘 능력이 높아지면 다소 이해하는 데 무리가 따르더라도 어른들이 보는 신문을 읽었으면 해.

처음엔 너희가 좋아하는 분야의 기사부터 시작하되 그날의 금리나 환율,

51

증시 현황, 날씨, 머리기사는 꼭 살피는 것이 여러 모로 도움이 될 거란다. 잘 알지 못하는 사람을 만났을 때 대화의 소재로 삼기도 편할 테고 말이야.

좀 더 구체적으로 시간을 배분한다면 기상하고 세면을 한 후 차 한 잔 마시는 시간을 즐기며, 신문 읽기와 운동하기의 순서를 갖추는 것을 권하고 싶다. 운동을 하는 것도 잘 활용하면 다른 사람을 사귀고 대외 활동을 하는 교류의 장이 될 수 있거든. 그 만큼 어떤 정보에서든 앞서 있다면 누구를 만나도 대화를 쉽게 이끌어 가는 감각을 지닐 수 있을 거야.

세상은 변하고 너희는 항상 그 안에 존재하고 있어. 중심에 서서 앞을 내다보는 사람이 되려면 신문에 기재된 모든 뉴스를 자세히 읽고 평가해 보는 습관을 지니는 게 중요하다는 것을 잊지 않았으면 한다.

청년 시절에 책을 읽는 것은 지하실의 창문을 통해 달을 보는 것과 같고 중년기에 책을 읽는 것은 자기 집 뜰에서 달을 보는 것과 같으며, 노년에 책을 읽는 것은 창공 아래 노대에서 달을 보는 것과 같다.
          – 임어당(林語堂)

병원에 와서 잠든 승원아! 참 편안해 보이는 것은 엄마의 착각일까? 류시화님의 시 한 구절이 생각나는구나. '그대가 곁에 있어도 그립다….' 가슴 깊숙이 네 모습을 새겨두려고 한껏 끌어안고 입 맞추고 쓰다듬는다. 분명히 내 품 안에 있는데도 아쉽고 그립다. 언제나 네 곁에 있어줄 수 없음에 한없이 미안해진다.

만남의 순간이 중요한 까닭
외모는 단정히, 항상 웃고 자신감 있는 표정을 유지하렴

사람을 만나면 처음 3분 동안 갖게 되는 첫인상이 그 사람과의 관계 전체를 지배하게 된다는 말이 있지. 첫인상에는 표정, 옷차림, 소품 활용은 물론 대화 시 무의식적으로 사용하는 손동작까지 포함된단다.

얼굴은 부모로부터 물려받는 것이니 어쩔 수 없다고 하는 경우가 많지만, 일상생활에서 긍정적인지, 부정적인지, 많이 웃는 사람인지, 찌푸리는 사람인지에 따라 각기 다른 얼굴 모습이 되지. 얼굴은 예쁘고 잘 생겼는데 어딘지 어두워 보인다든가 흔히 말하는 백치미, 즉 예쁘기는 하지만 내적 아름다움을 전혀 느낄 수 없는 얼굴이라는 말도 그런 의미에서 나온 것으로 생각되는구나. 모든 사람의 소원은 외적으로 아름답고 사람의 향기, 즉 내면의 아름다움도 충분히 느낄 수 있는 얼굴일 거야. 그러기 위해서는 많이 생각하고 공부하며 삶을 즐길 수 있는 자세를 갖는 것이 중요하단다. 미소를 머금은 절제된 아름다움은 바로 그런 생활에서 나오기 때문이야.

유난히 좋고 싫음이 극명해서 얼굴만 봐도 그 사람의 하루를 읽을 수 있는 경우가 있는데, 항상 부드러운 이미지를 잃지 않도록 유의해야 한다. 단, 부드러움과 헤픈 것은 다르더구나. 굳이 설명하지 않아도 너무나 당연하지만 표정은 네가 누구를 대하고 있는지, 무엇을 하는 상황인지, 어느 정도 기분 표출이 가능한 상황인지에 따라 민감하게 달라져야 해. 가끔 TV를 보면 재해 관련 방송을 하면서도 지나치게 밝은 원색의 복장으로 해맑은 표정을 하거나 반대로 함께 기뻐해야 할 흐뭇한 뉴스를 굳은 표정으로 보도하는 앵커나 기자를 보게 되면 당혹스러운 때도 있는데, 상황에 맞는 적절한 표정이 무엇보다 중요함을 일깨워주는 대목이란다.

옷차림은 때와 장소를 가려야 하는데, 등산이나 운동모임에 정장을 입고 구두를 신고가면 그 속에 함께할 수 없는 것처럼, 가야 하는 곳이 어떤 곳인지, 얼마나 머물러야 하는지를 잘 판단해서 선택하기를 바란다.

참고할 점은 상의가 강하거나 넥타이의 무늬가 화려할 때는 벨트를 착용하지 않는 것이 좋고, 상의가 단색일수록 약간은 화려하거나 튀는 색상의 벨트를 착용해서 단조로움을 피하는 것이 좋단다. 또한 상대방의 결정을 요구하는 자리에는 줄무늬 옷을 입어서 시원함과 예리함, 단호함을 옷으로 표현하는 것도 권해주고 싶구나. 그리고 넥타이의 굵기는 시대에 따라 유행이 다르기는 하지만 너무 좁게 메면 마음이 여유롭지 못해 보이고, 너무 두껍게 메면 다소 고전적인 분위기는 연출할 수 있지만 너무 강직해 보여 때로는 타인의 접근을 어렵게 할 수도 있음을 고려해서 때와 장소에 따라 적당한 굵기로 선택하길 바란다.

사람이 실속 있으면 그만이지 옷차림이 무슨 상관이냐고 항변할 수도 있지만 때로는 형식이 내용을 규제한다고도 생각한다. 정장을 입으면 그만큼 몸가짐이 정갈해지고 조심스러워지며, 격식 없는 의상을 입으면 그만큼 기분도 가벼워지고 동작도 커지게 되지. 자신의 이미지 관리를 위해서도, 컨디션 조절을 위해서도 때와 장소에 어울리는 옷차림과 향수 같은 소품을 활용하는 것은 큰 도움이 될 거야.

마지막으로 인상을 좌우하는 손동작을 살펴보자. 사람들과 많은 이야기를 하다 보면 불필요한 손동작으로 요점을 흐리는 경우를 접하게 되곤 해. 손동작은 될 수 있으면 최소화해야 전달력이 강해진단다. 물론 그렇다고 아무 동작 없이 말만 계속할 경우는 지루한 감을 줄 수 있으므로 가끔씩 작은 표현을 하는 것은 상대방의 집중도를 높이는 데 효과적이지.

주의할 것은 상대의 나이나 성별에 관계없이 뒤로 너무 기대어 앉거나 손가락으로 상대를 가리키는 행동은 절대 해서는 안 되며, 될 수 있으면 상대방 앞으로 몸을 기울여 당신의 이야기에 주의를 기울이고 있음을 느낄 수 있게 해주어야 해. 자신과 상대방의 옷차림과 행동에 좀 더 신경 쓰고 배려해서 세련된 삶의 방식을 유지하고 삶의 효율성을 높일 수 있기를 바란다.

멋진 우리 아들!

40대가 되면 자신의 얼굴에 책임을 져야 한다.　　　　　　　　　　　　　　－ 링컨

게임에서 졌을 때
상대방을 진심으로 축하하고
오래 슬퍼하지 말길

학교의 임원 선거에서, 또는 축구대회에 출전하거나 사회에 나가 업무를 맡아 경쟁적으로 일하게 될 때, 승패에 따라 기쁨도 슬픔도 맛보게 된단다. 그런 경험은 특별히 어려움이나 경쟁을 피하는 성격이 아니라면 일상적으로 겪게 되는데, 여기서 파악할 수 있는 것이 사람의 됨됨이다.

승패에만 집착하는 사람은 이겼을 때 기뻐할 줄은 알지만 자기 자신의 자만에 빠져 있을 확률이 높고, 그런 사람일수록 졌을 때 좌절감에서 헤어나지 못하게 되지. 이처럼 게임을 즐기기보다는 결과에 집착해 강박증에 시달리는 안타까운 경우도 발생하므로 게임은 질 수도 이길 수도 있는 것임을 고려할 때 아주 위험할 수 있단다. 최대한 이기려고 노력하되,

졌을 때 패배를 깨끗이 인정하고 상대방을 진심으로 존중하며 축하해 줄 수 있는 넓은 마음을 갖는 사람일수록 게임 자체를 즐기고 더불어 인생도 즐거워진다는 사실을 잊지 말았으면 해.

한 가지 더 이야기하자면, 상대방을 축하해주는 방법으로 박수를 쳐줄 때가 있는데, 박수는 나를 위한 것이 아니고 상대를 위한 격려와 축하의 표시인 만큼 박수를 받는 상대방을 향해 팔을 조금 뻗은 상태에서 보내주는 것이 좋단다. 박수를 치는 둥 마는 둥 성의 없는 손놀림에 그치려면 아예 시상식장에 남아 있지 않는 게 좋을 것 같구나. 패배는 부끄러운 결과라고 생각하는 사람이 많지만, 엄마는 '내일 이기기 위한 과정'이라고 생각한다. 너희는 진짜 사나이답게 이기면 승리의 기쁨을, 지게 된다면 패배자의 겸손함을 명확히 표현할 줄 아는 사람이기를 바란다. 그래야만 내일의 승자가 되었을 때 많은 사람의 진심 어린 축복을 받을 수 있을 테니까.

일시적으로 당신보다 앞선 사람에게 진심 어린 축하의 미소를 보내지 못할 정도로 자신과 자신의 상황을 너무 심각하게 받아들여서는 안 된다. 상대가 잘 되기를 빌어 주고 다음에 자신의 기량 향상을 위해 힘써라. 게임은 계속된다.　　　－하프타임

58

아홉 번째 편지

후회하고 있다면
너의 선택이 최선이었음을 믿으렴

후회란, 이미 어떤 행동이나 생각을 하고 난 후 '그렇게 하지 말 것을…. 다른 방법이 있었을 텐데….' 하며 아쉬워하는 거야. 쏟아진 물을 주워 담아 마실 수 없듯이 돌이킬 수 없는 상황에서 하는 게 바로 후회란다. 생각지도 못한 다양한 사건을 하나하나 풀어 가며 엮어지는 것이 인생인 만큼 사는 동안 한 번의 후회도 없을 수는 없겠지. 하지만 그런 상황이 닥쳤을 때 한탄하고 주저앉기보다는 반성하고 일어서기를 바란다.

후회와 반성은 정말 큰 차이가 있단다. 후회는 앞서 얘기한대로 '그러지 말 것' 하며 애통해하는 감정이고, 반성은 최선이라고 판단한 방법이 왜 계획대로 이루어지지 않았는지를 분석하고 잘못된 부분을 찾아내어 되풀이하지 않게 계획하는 거란다. 내일을 위한 발판이 되는 셈이지.

이미 벌어진 일에 대해 미련을 두지 말았으면 한다. 제방은 무너지지 않도록 하는 것이 최선이지만 어쩔 수 없이 제방이 무너지면 일단 안전한 곳으로 대피하여 피해를 최소화한 후 다시는 무너지지 않도록 하는 지혜와 실천이 필요하단다.

너희의 귀여운 표정에 모든 것이 용서되더구나!

인생을 두 번째 살고 있는 것처럼 살아가라.

– 벤저민 프랭클린

사람에게 상처 받았을 때
세상에서 가장 소중한 자산은
사람임을 잊지 말길

　우리는 기뻤던 순간보다 아팠던 순간을 더 오래 간직하기 때문에 사람은 상처를 주는 존재라고 인식하기도 한다. 하지만 힘든 순간일수록 힘든 순간을 견디게 해준 것이 무엇인가를 성찰해 볼 필요가 있단다. 과연 혼자의 능력으로만 어려움을 극복했는가를 말이야.

　물적으로든 심적으로든 네 곁에서 든든히 지켜주고 밀어준 사람이 분명히 있을 테고, 너희 역시 무의식중에 그 사랑을 나누고 있을 테니 사람을 무엇보다 소중히 생각하는 마음을 갖고 살았으면 한다. 사람에게 받은 상처는 빨리 잊고 주변 사람들에게 고맙고 감사한 마음만을 기억한다면 삶이 이전보다 훨씬 아름답고 편안해질 테니까. 그러기 위한 가장 좋은 방법은 봉사의 생활화란다.

흔히 봉사는 희생이라고 이야기하지만, 실상은 봉사 역시 자기만족의 일환이다. 봉사를 실천함으로써 즐겁고 행복하니까 다시 또 하게 되는 행동이라는 의미이지. 어려운 사람들의 이야기를 듣거나 보면서 그 사람을 돕고 싶다는 생각은 많이 하지만 실질적으로 지속적인 사랑과 관심을 보이는 경우는 드물단다. 그리고는 나도 어려우니까 좀 더 생활이 나아지면 하자거나 훗날 휴가를 얻으면 하자, 날을 정해서 해야지 등의 이유로 자신을 합리화한다. 하지만 모든 것에 반드시 따라야 하는 것은 누누이 강조하였듯이 실천이란다. 봉사하고 싶은 마음, 안쓰러운 마음, 함께 즐거운 삶을 영위하고 싶은 마음도 실천 없이 눈물만 흘리는 상황이라면 가치 없는 생각의 제자리걸음일 뿐이니까.

돕고 싶은 일이 있다면 현재의 네 형편에서 할 수 있는 방법을 모색해서 바로 실천하도록 하렴. 엄마가 함께할 수 있다면(어쩌면 이것도 핑계겠지? 몸이 아파도 봉사 활동을 하는 사람은 아주 많으니까…) 더욱 좋겠지만 그렇지 못한 경우가 오더라도 다양한 형태의 봉사를 실천하며 살아가기를 바란다. 그것이 그들의 모습을 보면서 '그래. 나보다 힘들고 어려운 사람이 있구나. 힘내서 살아야지.' 하며 너희가 얻을 수 있는 용기에 대한 최소한의 감사 표현이 되어줄 거란다.

다시 한 번 말하지만, 인생에서 중요한 것은 사랑, 배움, 나눔(공유)이라 말하고 싶구나. 이 세 가지는 내가 가진 물질적인 것이 없더라도 하고자 하는 의지만으로도 할 수 있는 것이며, 할수록 더 풍요로워지는 거라는 공통점이 있단다.

　얼마 전 사업 실패로 재산도 잃고, 사고로 손가락마저 잃어 어찌 보면 더는 잃을 것도 없을 것 같은 한 사람이, 병으로 임종을 앞둔 할머니와 할아버지에게 따뜻한 말을 건네며 불편한 손을 모아 힘들게 목욕을 시켜 드리는 장면을 본 적이 있단다. 그녀는 가진 것이 없다고 했지만, 그녀의 조막손을 거친 수많은 이가 그녀의 행복과 안위를 기도했을 거야. 내 것을 나눌 줄 모르는 사람은 세상에서 가장 소중한 자산인 사람을 잃는 불행한 사람임을 잊지 말고 먼저 베풀고 실천하기를 바란다.

자연은 너희의 어떤 상처도 감싸안아 줄 거야. 엄마 품처럼….

모든 생명은 폭력과 죽음을 두려워한다. 이 이치를 자기 몸에 견주어 남을 죽이거나 죽게 하지 마라. 남 듣기 싫은 성난 말을 하지 마라. 남도 네게 그렇게 할 것이다.

－ 법구경

토막글, 둘

● 열한 번째 이야기

편견이 없어서 아이들의 마음을 천사에 비유하는 것이 아닐까 싶습니다. 엄마의
불편함을 불편함으로 보지 않으니 감사할 따름이죠. 누구나 자신의 장애보다 행
복함을 먼저 찾는 하루이기를….

● 열두 번째 이야기

넘어진 아이가 울지 못하다가도 엄마를 만나면 더 서럽게 울어버리듯 처음에는
흐느끼던 것이 누군가의 어깨에 기대고부터는 더 서러워지고 마치 고장 난 수도
처럼 눈물이 흐르지만 마음은 더 따스해지고 외롭지 않음에 안도합니다.
울고 싶을 때는 절대 홀로이지 않았으면 합니다.

● 열세 번째 이야기

하루 세 번 병원에 다녀오는 것만으로도 벅찬 하루, 혼자 움직이기 어려운 저 때
문에 일도 못하고 집에만 있어야 하는 남편과 밤새 잠도 못 자고 엄마 곁을 지키
는 아이들. 심해지는 통증과 경제적인 압박, 짐이 되어버린 듯한 자괴감에 이 밤
이 더디 흐릅니다. 하지만 그런 엄마를 위해 두 아이는 작은 손으로 물수건을 만
들어 땀으로 젖은 엄마의 얼굴을 닦고 또 닦습니다.

● 열네 번째 이야기

많은 사람이 묻습니다. 그 몸을 해서 왜 아이들에게 밥을 해먹이려고 애쓰느냐
고…. 훗날 아이들이 아픈 엄마의 모습만을 기억하게 될까봐 겁이 납니다. 그래

서 더욱 엄마의 손맛, 엄마가 해준 맛있었던 음식 맛에 길들여지게 하려고 노력합니다. 그리고 바쁘다는 이유로 먹는 것을 소홀히 해서 아파진 것 같아 더더욱 먹는 것만큼은 정성을 다해 음식으로 엄마의 사랑에 젖어들게 해주고 싶은 욕심이 납니다.

● 열다섯 번째 이야기

오늘은 마지막으로 병원에 가는 길에 갑자기 천둥 번개가 치고 돌풍이 불며 일순간 어두워지더군요. 오전만 해도 맑은 하늘이었는데요. 삶이 그렇겠지요. 힘든 시간을 이겨내고 이제 성공만 남았다 싶었을 때 쓰러진 제게 다시는 재기하지 못할 것만 같은 힘든 일들이 이어졌지만 저는 다시 일어섰고 숨 쉬며 살아있습니다. 쏟아지는 빗줄기가 지금은 무섭겠지만 이내 멈출 것입니다. 다시 맑게 갠 하늘이 보일 테고요. 멈춰지는 것은 제 육체일 뿐, 제 정신과 사랑은 쉼 없이 새로운 하루를 살아가고 있습니다.

● 열여섯 번째 이야기

웃음은 나뿐만이 아닌 많은 이를 행복하게 합니다. 눈물지으면 주변 사람들도 슬퍼지고…. 기왕이면 웃음으로 이겨낸 사람이라 기억되고 싶습니다. 나로 인해 더 슬퍼질 가족들을 생각하면 오늘도 웃을 수밖에 없었습니다.

● 열일곱 번째 이야기

사람으로 인해 많은 상처를 받고 심장이 멎을 듯 아파하기도 하고 심하게는 죽고 싶은 생각이 들기도 합니다. 그럴 때마다 세상을 어떻게 살아야 하나, 그럼에도 사람을 믿어야 하나 고민하지만 의심하며 살기에는 세상이 너무나 아름답습니다. 상처 받을까 움츠리고 살기보다는 넘어지고 아프더라도 서로 보듬으며 지금의 만남에 최선을 다하기를 희망합니다.

● 열여덟 번째 이야기

시간은 그냥 숫자에 불과하지만 세월은 모든 것을 이해하고 용서하게 합니다. 젊은 날의 치기도 뜨거운 욕망도 남아 있지 않지만, 한때 이럴 수는 없었을 것 같았던 많은 일을 고개 끄덕이며 미소 짓게 할 힘이 녹아들어 있습니다.

● 열아홉 번째 이야기

엎질러진 물이라면 그냥 닦아내 버리고 잊으세요. 다른 이들도 그리 오래 기억하지는 않을 거에요. 어쩌면 이미 다른 물로 목마름을 해결했을지도 모르고요. 지금부터라도 절대 지난 일로 속상해하고 애태우지 않았으면 합니다.

● 스무 번째 이야기

너무나 지치고 힘든 세상인 것은 사실이지만 제게도 우리 모두에게도 정말 부족한 나를 믿고 자랑스러워하는 가족이 있다는 것이 또 하루를 살게 합니다. 오늘은 가족들에게 당신이 있어, 네가 있어 행복하다고 숨겨두었던 고백을 해보는 게 좋을 듯합니다.

지쳐서 포기하고 싶을 때
하루에 2분은 하늘을 보렴

　목표를 정하고 열심히 달려가다가도 순간순간 내가 무엇을 하고 있는 지, 어디쯤에 와 있는지 어리둥절할 때가 있단다. 그래서 가끔은 하늘을 보고 숨을 고르는 시간이 필요하지. 또한 목표를 정할 때는 왜 달성해야 하는지 이유를 함께 적어놓아야 해. 이 두 가지를 지키지 않으면 중간에 발생할지도 모르는 작은 실수를 실패라고 여기고 포기하거나 수단과 방 법을 가리지 않고 도전하다 목표 자체를 상실하는 실수를 범하게 된단다.

　특히, 꼭 해결해야 하는 문제가 있는데 해결책이 떠오를 듯 말 듯 시간 을 끌게 되면 정신적인 압박감을 견디지 못해 짜증만 늘고 실질적인 해 결에는 도움이 안 되는 경우가 있을 거야. 그럴 때일수록 일단 그 문제에 대한 생각을 덮고(더 정확한 표현으로 그 문제에 대한 생각을 완전히 끊고) 하늘을 보렴. 그리고는 지금껏 생각해왔던 것은 버리고, 문제가 무엇이었는지를 다시 한 번 질문하다 보면 도리어 손쉽게 해결책이 떠오를 수도 있을 거란다.

산은 산이고 물은 물이라는 말처럼 진리는 변하지 않는단다. 네 경험 속에 갇혀 정답과는 다른 생각을 할 뿐임을 명심했으면 한다. 너무 오래 생각하면 대부분의 경우 자신이 편리한 쪽으로만 생각하게 되고, 무의식적으로 자신이 원하는 답에 문제를 끼워 맞히려고 하거든. 그렇기에 잘 안 풀릴 때는 자연 속에서 잠깐의 휴식을 즐기는 것도 필요하단다. 휴식은 두뇌를 한쪽으로 치우친 감정으로부터 분리해주고 해결 방법에 좀 더 가까이 다가서게 하는 촉매 역할을 해주지.

어떤 경우에도 너희의 몸과 마음을 구석으로 몰고 가지 않길 바란다. 열심히 일하면 일한 만큼, 온 힘을 다해 연구했으면 집중한 만큼의 적당한 휴식과 여유를 줄 때서야 합리적이고 건강한 삶, 최적의 결과를 얻을 수 있단다. 모든 문제는 단순하고 답은 변하지 않거든. 원고를 쓸 때 너무 자주 수정하다 보면 결국은 초고에 가까워지는 것과 같은 이치이지. 고민도 넘치는 것은 부족함만 못한 경우가 있단다. 어찌 보면 너무나 단순한 문제에 너무 많은 생각이 덧붙여져서 복잡하게 여겨지는 일은 없어야 할 거야.

모든 사물이나 화두는 그 자체일 뿐이란다. 생각하되 본래 가던 길이 아닌 다른 길로 가는 것은 아닌지, 하루에 2분 정도는 하늘을 보고 한숨 돌리며 정리하는 여유를 갖길 바란다.

삼라만상이 조물주의 속에서 나왔을 때 모든 것은 선이었으나 인간의 손에 넘어오면
모든 것이 부패한다. 자연은 우리를 절대로 속이지 않는다. 우리를 속이는 것은 언제
나 우리 자신이다.   – 루소

열두 번째   편지

실패를 극복하는 법
자신을 믿으렴

'자신을 신뢰하는가?', '자신의 결정에 대해 후회한 적이 있는가?'의 두 질문은 얼마나 자신감을 갖고 살아가고 있는지 알 수 있게 하는 질문 이란다. 항상 자신을 믿으렴. 많은 사람이 훨씬 더 큰 가능성과 잠재력을 지녔는데도 묻어 두고 살아간단다. 지금은 후회하는 일조차 그때는 최선 이었음을 기억하고 너희 자신은 그 후회마저도 기회로 만들 수 있는 사 람임을 믿었으면 한다.

그만큼의 자기 확신을 갖기 위해 게을리 하지 말아야 할 것은 바로 배 워야 한다는 거야. 그리고 두뇌와 마음을 모두 열어 놓아야 한다. 여러 가 지 지식이나 상황을 경험하고 판단하는 습관을 들이지 않으면 빠른 판단 을 요구하는 순간에 당황하다 시간만 낭비할 수 있거든. 순간의 판단력은 타고난 직관의 도움을 받기도 하지만 작게는 무슨 옷을 입을 것인가에서부터 수많은 위기 상황을 경험하면서 학습되는 부분도 무시할 수 없다. 그러기 위해서는 모든 일에 도전하고 내 생각과 다른 의견도 기꺼이 듣고 수용하는 개방적인 태도를 갖추어야 한다. 물론 세상을 모두 경험해 볼 수는 없으므로 책을 많이 읽어 간접경험을 하거나 선험자를 주변에 많이 두는 것도 큰 도움이 될 거야. 하지만 그 모든 것은 참고 사항일 뿐 결정적인 판단은 온전히 너희 자신의 몫임을 잊지 말고 자신을 부지런히 연마하렴. 그리고 신중히 고민하여 판단한 후에는 그 판단을 믿고 그대로 실천하길 바란다.

실천에 앞서 결과가 어떻게 될 것인지 과정상의 문제점 등을 미리 예상하고 수정할 수는 있겠지. 하지만 결과가 두려워 실천 자체를 포기하지는 않았으면 한다. 엄마가 감명 깊게 읽은 《하프타임》이라는 책에도 '스스로 그렇게 받아들이지 않는 한 세상에 실패는 없다.' 라는 문구가 있거든. 무엇이든 네가 포기하지 않는 한 실패란 없단다. 그저 성공을 위해 거쳐 가는 하나의 과정일 뿐일 테니까.

아들아! 꿈꾸는 것, 하고 싶은 것이 있다면 바로 실천하렴. 곧 자신을 칭찬하는 날이 올 거란다.

성공의 속도를 높이고 싶다면 실패를 두 배로 늘려라.   – 토마스 왓슨 밤이 되는 것, 어두워지는 것이 두렵다. 창밖의 세상은 하루하루 바쁘게 지나가고 있는데, 나 홀로 정체되어 있는 것 같아 긴장되고 답답해진다. 게다가 밤이면 엄마를 찾으며 엄마 옷을 끌어안고 잔다는 승원이, 그런 승원이를 엄마 대신 끌어안고 재워준다는 재원이 생각에 눈물이 흐른다. 당장에라도 환자복을 벗어버리고 뛰쳐나가고 싶은 마음을 억누르느라 한참을 울었다.

좋은 친구 사귀기
친구 사이에 자존심은 필요 없단다

　좋은 친구를 사귀라고 이야기를 많이들 하잖니? 하지만 사람을 골라서 사귈 수 있는지, 나 자신에게 좋은 친구와 나쁜 친구를 판단할 만한 자격이 있는지를 먼저 돌아보아야 한다. 흔히들 친구를 잘못 사귀어서 나쁜 행동을 하게 되었다든지 친구에게 배신이나 사기를 당했다거나 하는데, 결국 그것을 결정한 것은 본인 자신인 만큼 그 책임도 자신에게 있는 거야.

　이렇게 말하면 어떻게 생각하는지 모르겠지만 맛있는 음식과 맛없는 음식을 가려 먹을 수는 있으나 친구를 사귈 때는 조건을 두지 않았으면 하는구나. 너희 자신이 옳고 그름에 대한 판단과 소신이 있다면 편견이나 선입견을 품지 말고 사람 개개인을 그대로 받아들이고 존중하며 관계 맺기를 바란다. 네 인생의 폭은 어떤 형태로든 그들의 경험까지 흡수하여 한층 풍요로워질 게 분명하거든.

그리고 친구와 관련하여 당부하고 싶은 게 한 가지 더 있다. 먼 훗날 너희가 사회에 나가 직장 생활을 하고 돈을 벌다 보면 영업을 하는 친구가 있게 될 거야. 물론 그 친구가 바로 너희 자신일 수도 있고…. 영업은 자신의 사업 감각을 테스트할 수 있는 가장 좋은 직종 중 하나임에도 사람들은 전문적으로 할 만한 일이 없을 때나 하는 일이라는 편견을 가지고 대하는 경우가 많지. 만약 친구가 영업을 시작하고 판매를 위해 너희를 찾아왔다면 무조건 무시하고 말리기보다는 용기를 주고, 친구라고 믿고 찾아온 만큼 격려해주었으면 한다. 무리한 범위가 아니라면 친구를 위해서 도움을 주는 것도 좋은 일일 테고…. 최소한 친구의 사기를 꺾는 심한 말을 해서 마음을 다치게 하는 일은 없도록 하렴. 이것도 경제 활동인 만큼 너희가 감당할 수 없는 정도는 안 되겠지만 기왕에 필요하다면 친구도 돕고 좋을 거라고 생각한다.

미래는 누구도 장담할 수 없기에 언젠가 너희도 그 입장일 수 있고, 힘든 선택을 하고 고민 끝에 찾아왔을 텐데 말이라도 따뜻하게 해주는 것이 당연한 예의일 거야. 말로는 잘하면서 지키지 못하는 말 중 하나이지만 예부터 직업에는 귀천이 없다고 했단다. 엄마도 교사를 그만두고 영업을 시작할 때 많은 사람이 말렸지만 그래도 친구가 하는 일이라며 격려하고 도와준 사람들의 고마움을 지금도 잊지 못한단다. 삶은 돌고 도는 것인 만큼 언젠가 그 마음을 갚을 날이 있을 거라고 생각한다.

엄마도 친구에게 돈을 빌려주었다가 받지 못한 적도, 엄마의 모든 것을 다 주었던 이들에게 배신을 당하기도 했단다. 하지만 사람을 믿고 좋아하는 마음을, 엄마가 살아온 그간의 시간들이 잘못된 거라고 지탄하며 살고 싶지는 않더구나. 모두가 바보 같은 삶이라고 손가락질을 한다고 해서 하늘을 가릴 수는 없으며, 무엇보다 자신에게 부끄러운 삶을 살 수는 없으니까 말이야.

흔히들 건강을 잃으면 모든 것을 잃는 것이라고 하지만 건강은 잃었지만, 가족과 친구가 있어 엄마가 이만큼이나마 병을 이겨 나갈 수 있음을 알아주었으면 한단다. 너희에게도 엄마를 믿고 지켜준 오랜 친구들처럼 진정한 친구가 함께하기를….

우리의 우정은 영원합니다.

친구란 그대들의 모자란 부분을 채워주는 존재, 사랑으로 뿌린 씨를 감사로 수확하는 그대들의 들판이자 그대들의 식탁, 아늑한 화롯가 …. ㅡ 칼릴지브란

열네 번째   편지

경험이 부족하다고 좌절하지 말길
소경이 소경을 인도할 수 있는가?

누구에게나 정신적으로 나를 앞서 이끌어 줄 멘토가 필요하다. 왜냐하면, 모든 일에는 선택과 집중이 중요한데 결정적인 순간에 나의 판단을 도와 조언해 줄 사람이 있다면 효율성이나 성공 확률이 훨씬 높아지기 때문이지.

매사에 부정적이거나 배우려고 하지 않는 사람은 자신의 경험이 그것뿐이기 때문에 그 테두리를 벗어나려 하지 않는단다. 그런 연유로 나보다 나은 사람을 벤치마킹하는 데 주저함이 없어야 하며, 내가 아는 바를 기꺼이 나눌 수 있음에 감사했으면 한다. 이는 엄마가 경험한 성공한 사람들의 공통점이기도 하단다.

며칠간 엄마를 간병해주신 아주머니의 말씀도 그 예로 적합할 듯싶구

나. 얼마 전 아주머니께서는 아끼는 부하직원 두 사람을 잃고 충격으로 쓰러진 경영자를 돌보아 드리게 되었단다. 그분은 뇌출혈 때문에 음식도 넘기지 못할 만큼 심각한 마비 증세를 보이셨는데, 의식이 돌아오자마자 시간을 나누어 운동에 전념했다고 한다. 그런데 독특한 것은 큰 회사를 이끄는 최고 경영자라고 하면 거만하기도 하고 다른 사람의 말을 듣기보다는 지시를 내리는 데 익숙한 사람일 거라는 선입견과는 달리, 병을 이겨나가는 과정 하나하나 의사와 간병인 아주머니의 지시에 순종하는 모습을 보여서 많은 사람을 놀라게 했다고 한다. 그분의 말인즉슨 모든 분야에는 전문가가 있어서 운전은 기사의 말을 들으면 되고, 치료는 의사의 말을, 몸이 회복되는 것은 간병인의 말을 긍정적으로 받아들이면 안될 게 없다고 했다고 한다. 그 정도 연세의 경영자라면 이미 살아오면서 몸에 익숙해진 행동을 고집하거나 자신이 기존에 가지고 있던 정보나 지식만이 옳다고 여기고 게으르거나 오만해질 수도 있을 텐데 말이야. 오히려 그분은 집에 돌아간 후에도 철저히 의사와 간병인 아주머니의 지시대로 약을 복용하고 운동을 열심히 해서 이제 거의 정상인과 다름없이 회복되었다고 한다.

멘토는 지혜를 나눠주는 사람이란다. 너희도 많은 사람과 교류하고 많은 경험과 지식을 받아들이고 다른 이에게도 전해주는 즐거움을 한껏 누리기를 바란다. 마지막으로 앞에서 던진 질문에 답변을 해볼까? '소경이 소경을 인도할 수 있는가?' 흔히들 불가능하다고 생각할 거란다. 그래서 더 많이 배우고 나보다 나은 사람을 스승으로, 지도자로 삼아야 하는 것일 테고…. 하지만 엄마 생각에는 나보다 조금 못하거나 나와 같은 수준의 사람이더라도 최소한 혼자라는 외로움은 덜 수 있는 만큼, 혼자 했을 때 갖게 되는 독선보다 못하지는 않을 것 같구나. 한쪽 팔을 뻗어 내 주변을 둘러보는 것보다는 두 팔을 뻗는 것이 더 넓을 테니까.

지갑에 있는 마지막 동전 한 푼까지 털어 정신을 살찌우는 일에 투자한다면, 정신이 지갑을 두둑이 채워줄 것이다.
　　　　　　　　　　　　　　　　　　　　　　　　　- 벤저민 프랭클린

열다섯 번째   편지

선입견이나 편견이 작용하기 쉬울 때
이해하고 판단하렴

　우리는 너무 빨리 판단하고 다른 사람에게 손가락질을 하지. 나머지 손가락은 자신을 가리키고 있다는 사실을 잊은 채로 말이야.

　한 어머니가 있는데, 그 어머니에게는 열일곱 살의 아들이 있단다. 그녀는 여느 부모와는 다른 점이 하나 있었지. 부모라 함은 절대로 자식을 앞세우거나 같은 시기에 죽는다는 일은 상상하기조차 싫어하는 게 인지상정인데 반해, 그녀의 소원은 이제 겨우 열일곱 살의 아들이 자신보다 하루 먼저 죽거나 같이 죽고 싶어 한다는 점이었어. 여기까지만 듣고 매정한 어머니라며 그녀에게 손가락질을 하는 사람들은 자신의 판단이 얼마나 잘못된 속단이었는가에 눈물짓게 될 거야. 그녀의 아들, 열일곱 살의 아들은 심한 정신지체장애로 어머니의 도움 없이는 아무것도 할 수가 없었단다.

몸이 불편한 자식을 둔 부모라면 누구나 그런 생각을 할 거야. 엄마에게 세상에서 가장 소중한 사람인 내 아이라면 그 아이의 겉모습은 중요치 않아. 아니 온전하지 못하면 오히려 더 쓰리고 아리겠지. 그래서 두 팔로 품고 가슴으로 품는단다. 깊이 품어 숨길 수 있는 상처라도 되는 양 한껏 끌어안는단다. 열심히 일하는 것도, 때로는 아무 일도 할 수 없음도, 모두 그 아이를 위해서이지. 하지만 그것은 말 그대로 그녀의 마음일 뿐, 다른 이들은 아이의 겉모습에, 자기만의 세계에 갇혀 나오지 않으려 하는 몸부림에 혀를 차고 피하려 든단다. 그러면 그는 상처받을 것이고…. 추론의 사다리가(상당히 많은 부분이 경험에 의존한 추론이긴 하지만) 여기까지 이르면 그녀는 더럭 겁이 나겠지. 더 움츠리는 아이의 모습이 눈에 선할 거야. 이 아이가 다른 사람에게, 그것이 형제 자매지간일지라도 다른 이에게 짐이 되지 않게 하려고 그 아이보다 하루 먼저 그도 안 된다면 같이 죽을 수 있다면 하는 소원을 갖게 되는 거란다. 마치 그녀의 잘못으로 그렇게 된 것처럼 평생의 한으로 품고 살게 되지. 끝까지 이야기를 듣고 난 후 많은 사람은 눈물을 흘리고 비로소 자신을 향하고 있는 네 개의 손가락을 발견하고 나머지 하나를 접어 가슴을 치게 되지. 자칫 두 사람의 가슴에 큰 상처를 남길 뻔한 성급함을 후회하면서….

매사에 판단하고 이해하지 말고, 이해하고 판단하도록 하렴. 그러면 그 판단은 정반대의 것이 될 수도 있으며, 눈물을 흘리고 가슴 치는 일은 없을 거란다.

당신들은 왜 부지런히 일하지 않는가? 내가 묻자 스리나가르시의 인도인이 대꾸했다.

당신들은 왜 쉬지 않는가?　　　　　　　　　　　　　- 류시화의 《하늘호수로 떠난 여행》 중에서

토막글, 셋

● 스물한 번째 이야기

혼자 씻는 것이 버거워진 뒤로 남편이 해주던 목욕 담당이 둘째로 바뀌었습니다. 어느새 길어진 머리를 감겨주고 감기 걸린다며 말려주기까지 하는 고사리 같이 작은 손…. 피곤했는지 금세 잠든 아이의 손을 잡으니 한없이 눈물이 흘렀습니다.

● 스물두 번째 이야기

마음속에 많이 사랑하는 사람이 있다면 매일 말로 표현하고 품으로 안아주면서 사랑을 주는 하루를 살았으면 합니다. 바로 지금 여러분의 마음이 포근해질 수 있는 가장 좋은 방법, 사랑에 빠져보는 것은 어떨까요?

● 스물세 번째 이야기

힘들고 지치는 것만 생각하고 불평불만 가득했던 제 자신이 부끄럽습니다. 사랑, 행복, 믿음은 눈으로 볼 수는 없지만 세상을 살아가는 힘이 되어주는데 잊고 지냈으니까요. 마치 크리스마스에는 산타클로스가, 내 마음에는 주님이 계신 것처럼 그 세 가지는 굳이 눈에 보이지 않아도 될 만큼 소중한 것이기에 우리는 믿어야 합니다. 우리 마음속의 사랑을, 행복을, 밝은 미래에 대한 믿음을….

● 스물네 번째 이야기

단풍이 드는가 싶더니 어느새 겨울나무의 메마른 나뭇가지로 변해 있는 가로수들…. 그때는 마지막 잎사귀가 지고 나면 모든 것이 끝나버릴 듯 했지만 사십년의 세월을 살고 나니 이제는 모든 것이 없어지고 난 후 그 잎의 양분으로 다시 새 잎이 피어날 것임을 기대하게 됩니다. 시작은 늘 끝을 보고야 말지만 끝은 또 다른 시작을 의미한다는 것을 참 오랜 시간을 살아내고야 알게 되었습니다. 숨도 제대로 못 쉬고 사람의 기본적인 기능들은 다른 이의 도움을 받아야 하는 제 삶의 끝자락인 듯한 지금이 또 다른 시작이기를 희망합니다.

● 스물다섯 번째 이야기

병원비를 계산하려 지갑을 열어보니 둘째 녀석이 커피를 사서 마시라는 메시지와 함께 4천원을 넣어 놓았습니다. 매일 병원 1층 커피숍을 지나면서 마시고 싶었지만 비싸다는 말로 그 앞을 지나며 향기만 맡고 나왔는데 어린 마음에 걸렸었나 봅니다. 무심코 한 엄마의 말과 행동조차 가슴에 새겨두는 마음 깊고 사랑스러운 아이가 있음이 감사합니다.

● 스물여섯 번째 이야기

연평해전이 있던 날…. 마흔의 나이가 죽기에는 너무 억울하다고 생각했었는데 열아홉, 스물 그 어린 나이에 회복하기 어려운 상처를 입고 세상을 떠나야 하다니 한없이 살아 있음이 미안합니다. 그들의 희생으로 살아있음이 감사하고 지켜줄 수 없음이 미안합니다.

● 스물일곱 번째 이야기

계속 치료를 받고 살아보겠다는 욕심을 내는 것이 아이들에게 배움의 기회를 빼앗는 것 같아 병원 치료를 포기해야지 마음먹은 날…. 통증으로 힘들어하던 저를 다독이던 두 아이가 동시에 제 어깨에 머리를 기대어 쉽니다. 그래, 이렇게 오래도록 이 아이들이 기댈 어깨가, 품어줄 가슴이 필요하겠다 싶은 생각에 눈물이 흐릅니다.

● 스물여덟 번째 이야기

다시 태어나도 당신과 함께이겠느냐는 질문에 쉽게 답하지 못했습니다. 당신을 사랑하기에, 제가 너무 작고 부족하기에 감히 다시 당신을 욕심낼 수가 없습니다.

● 스물아홉 번째 이야기

기침 소리가 공연에 방해될까 봐 아프고 난 후로는 연극도, 영화도, 음악 공연도 갈 수가 없었습니다. 오늘은 문득 큰 소리로 음악을 틀어놓고 그 속에 하나가 되고 싶은 날입니다.

● 서른 번째 이야기

퇴원 후 모처럼 씻고 싶었지만 집에 욕조가 없어 사우나를 갔습니다. 친구의 부축을 받은 뒤로 아주머니들의 속삭임이 들리네요. 매 맞는 아내인가보다 하는…. 그리고 보니 온 몸이 주사로 인해 멍이 들어 있었습니다. 부끄러워 서둘러 나와 그냥 웃었습니다. 그런데 눈에는 눈물이 흘렀습니다.

일이 잘 돼서 기분이 좋을 때

하심(下心)

　'사람은 항상 배워야 합니다.', '사람은 항상 감사해야 합니다.' 이 말은 너희가 어릴 때 '엄마', '아빠' 라는 말을 배우자마자 외우도록 한 내용이니만큼 무척 친숙할 거라고 생각되는구나. 하심(下心)이란, 불가의 용어로서 '나보다 낮은 이 없고 나보다 낮은 사물이 없으며, 알더라도 한 번 더 두드리고 알아보아야 하는 겸허한 자세, 사람을 대하는 가장 바람직한 태도'를 말한다. 에디슨을 비롯한 수많은 과학자가 바로 이와 같은 마음이었지 않을까 싶구나. 위대한 사람들의 발명이나 발견은 어린 아이의 마음, 호기심에서 시작한다.

　모든 것은 예전부터 존재하고 있었지. 다만, 그것에 대해서 의문을 갖느냐, 무심히 넘기느냐의 차이인 거란다. 또한, 그들이 자신의 머리에 든

지식만 믿고, 자신도 틀릴 수 있음을 인정하고 여러 지식인과 교류하며 진리를 탐구하여 수십, 수백 번의 실패를 경험으로 받아들이지 않았다면 오늘날의 과학 발전은 없었을 거야. '나는 옳다. 내 지식은 정확하다.' 라는 것은 자칫 나를 가두는 함정이 되어 더 이상의 시도를 해보지도 않고 틀린 결과를 그대로 인정하거나 내가 하지 못하면 다른 이들도 할 수 없을 거라는 자기만족을 주어 실험을 중단할 수도 있었을 테니까.

석가모니는 '벙어리처럼 침묵하고 임금처럼 말하며 눈처럼 냉정하고 불처럼 뜨거워라. 태산 같은 자부심을 갖고 누운 풀처럼 자기를 낮추라.' 라고 하셨단다. 엄마는 너희가 보다 낮은 자세로 겸허하게 모든 사람, 사물을 대했으면 한단다. 그 같은 태도를 유지한다면 말하기보다는 듣는 사람이 될 것이고, 가르치기보다는 배우려고 하는 사람이 될 것이며, 불평불만을 내어 놓기보다는 감사하다는 말을 먼저 하는 사람이 되어 매일매일 발전할 거라고 믿는다.

없으면서 있다고 하며, 비었으면서 찼다고 하며, 간략하면서 크다고 하면 떳떳한 마음을 가지기 어려울 것이다.
　　　　　　　　　　　　　　　　　　　　　　　　　　　　　- 논어

가슴 통증이 무척 심한 날이다. 기침을 너무 많이 한 탓일까? 손끝 하나 움직이는 게 힘겹다. 이런 날은 엄마가 보고 싶다. 가슴에 묻고 한없이 어리광을 부리고도 싶다. 어른인 나도 힘들고 아프면 엄마가 보고 싶은데 아이들은 어떻겠는가? 마음이 또 아프다. 저리다.

열일곱 번째   편지

공간 좁히기
다른 것과 틀린 것을 구분하렴

일을 하다 보면 대화나 토론, 타협해야 할 일이 많아진단다. 그런데 아직은 많은 사람이 대화의 기술이 부족해서 잘못 사용하는 표현들이 있는데, 그중에 가장 흔한 것이 '다르다는 것'과 '틀리다는 것'이야.

사람은 환경적인 영향을 많이 받기 때문에 어떤 환경에서 어떤 가르침을 받고 자랐느냐에 따라 중요하게 여기는 가치나 판단의 기준이 제각기 다르단다. 그래서 같은 문제를 놓고서도 저마다 다른 해석을 하고 다른 해법을 제시하게 되지. 파도타기를 즐길 때에도 험난하기는 해도 일부러 단거리를 선택해 파도의 힘을 빌려 빠른 속도로 앞으로 나아가고자 하는 사람이 있는가 하면, 될 수 있으면 조류의 저항을 받지 않는 안전한 곳으로만 나아가려는 사람이 있을 거야. 그렇듯이 같은 상황, 같은 문제인데도 성향에 따라 중요하게 여기는 가치에 따라 해법은 다를 수 있다는 이야기란다. 문제는 그 두 사람의 힘을 합쳐야 할 때나 하나의 길을 선택해 한 팀으로 동행해야 할 때 발생하더구나. 그 과정에서 적잖은 다툼도 경험하게 될 테고 말이야.

만약 너희라면 어떤 길을 가려 할지 궁금하구나. 두 길 중 어느 길을 가든 중요한 것은 서로 생각이 다를 뿐 목표가 같다는 공통점에 주목하는 거란다. 결코, 상대방의 의견이 다르다고 매도하거나 무시해서는 안 된다. 앞서 이야기한 바와 같이 한 사람의 견해는 그간의 경험을 통해 얻어지기 때문에 '그 생각은 틀렸어.'라고 말하는 것은 '그 간의 네 경험은 잘못된 거야, 틀렸어'라는 뜻으로 받아들여질 수 있다는 거야. 당연히 상대방은 자신의 모든 것을 무시당했다고 생각하고 반감을 갖게 되겠지.

방법상의 견해차가 있을 뿐, 목표가 같다면 타협의 묘를 살리도록 하렴. 그리고 될 수 있으면 경험이 많은 사람의 의견을 존중하렴. 사람이 저마다 다르다는 것에만 공감한다면 나와 다른 의견을 수용하고 따르는 일에 자존심을 다쳐 대사를 그르치는 일은 없을 거야.

세상살이는 수학 공식이 아니더구나. 맞고 틀리고의 판단보다는 어느 것이 가치 있고 합리적인가의 문제임을 명심하렴. 함께 여행을 출발했지만 서로 다르다는 점을 인정해야만 끝까지 같은 곳을 바라볼 수 있게 된다는 것을 명심하길….

사람은 사물에 의해서가 아니라 그 사물에 대한 견해에 의해서 당혹감에 빠지는 것이다.

– 에픽테토스

열여덟 번째 편지

어려움에 부닥쳤을 때
도움 받는 것을 부끄러워하지 말길

살면서 말로만 해 왔다고 후회되는 것은 다른 사람을 도와야 한다고 하면서도, 정작 엄마 자신은 다른 사람의 도움을 받는 것에 대해 부끄러워했다는 점이란다. 누구의 도움 없이도 혼자 잘할 것처럼 만용을 부렸는지도 모르지. 하지만 엄마는 물론 그 어떤 사람도 완벽하지는 못하단다. 서로 어울리며 부족한 부분을 메우면서 살아가라는 하느님의 섭리인지도 모른다는 생각이 드는구나. 바라는 것은 너희는 용기 있게 자신의 부족함을 드러내고 도움을 줄 수 있는 사람이 곁에 있음을 감사하면서 살아갔으면 한다.

혼자 쓸쓸히 여행하던 백발의 한 노인이 이미 자신은 건너온 강이지만, 여행 중 만난 한 소년이 그 강을 건널 것을 알고 다리를 놓았다는 이야기가 있다. 그렇듯 배려하고 도움을 청하기 전에 사랑을 나눈다면 얼마나 아름답고 평화로운 세상이 되겠는가를 생각해 보렴.

세상은 커다란 퍼즐이고 각자의 삶은 저마다의 모양을 갖춘 퍼즐 조각과 같다. 우리는 서로 맞는 부분을 조심스럽게 찾아 맞추어 가며 살아가는 것이고, 그래야만 전체의 모습이 조화를 이루고 아름다울 테니까…. 아마도 내 조각의 한 끝이 다른 조각의 끝과 닿을 때 다른 부분은 또 다른 조각의 부족한 부분을 메워주고 있을 거야.

항상 품에 안고 잠들 수 있기를….

모든 죄악은 탐욕과 성냄과 어리석음에서 생기는 것, 늘 참고 적은 것으로 만족하며 살라.
　　　　　　　　　　　　　　　　　　　　　　　　　　　　　　　　　- 석가모니

호흡이 약해져서 수술이 미뤄지자 수술을 해야 할지 말아야 할지 고민이다. 이제 조금 살만하니 다시 아이들 곁으로 가고 싶기도 하고, 수술이 두렵기도 하다. 사람의 심리가 얼마나 얄궂은가? 힘들 때만 해도 어떻게든 수술을 받아서라도 나아야겠다고 생각했는데…. 어떤 고통도 숨도 제대로 못 쉬고 아이들과 떨어져 있어야 하는 지금의 고통보다 못하지는 않을 것 같았는데, 주사 치료와 혈장교환술로 일시적으로나마 몸이 더 좋아지니 다시 아이들 곁으로 가고 싶어진다. 수술 후 고통의 시간을 이겨낼 자신이 없어진다.

해야 할 일이 많아 시간이 없다고 생각될 때
시간을 아끼렴

　엄마가 일하면서 가장 고민스러웠던 것은 갓난아기인 너희를 떼어놓고 나와야 했을 때, 과연 이것이 옳은 일인가 하는 갈등이었단다. '세 살이면 모든 감성이 형성된다는데, 새벽 6시부터 밤 10시가 넘도록 베이비시터나 할머니와 이모의 손에 너희를 맡겨 두고 해야 할 만큼 직업을 갖는다는 것이 가치 있는 일인가?' 하는 질문을 하루도 하지 않은 날이 없었다. 더군다나 일은 늦어지고 너희를 돌봐줄 사람이 없을 때는 매 초가 피가 마를 만큼 힘든 시간이었단다. 하지만 엄마는 일이 끝나면 한시도 너희를 품 안에서 떼어놓은 적이 없었고, 될 수 있으면 주말은 집에서 일한다는 원칙을 지켜가며 온 힘을 다했다는 것을 알아주면 고맙겠구나.
　아마 너희도 결혼을 하고 아기를 낳으면 고개도 못 가누는 아기를 어떻게 해야 할지, 아이들의 축구 시합이나 소풍에도 가야 하고 회사도 가야 한다면 어느 곳을 우선해야 할지 무척 고민이 될 거란다.

짧은 경험이나마 이 엄마의 결론은 아이들과 함께 하는 시간이, 부모로서의 역할이 더 소중하다는 것이다. 그렇다고 일을 하지 말고 아이들 곁에만 있으라는 것은 아니다. 단지 아버지로서, 직장인으로서의 역할이 충돌되는 상황('역할 갈등 상황'이라고 한다.)이 닥칠 때는 더 소중한 것을 먼저 처리해야 하는데 부모에게 자식만큼 소중한 존재는 없지 않을까 싶어서 남기는 말이란다. 상황에 따라 직장에도 그때가 아니면 할 수 없는 일이 생길 수도 있겠지만, 가족을 우선으로 여기는 원칙을 가지고 있다면 오래 방황하지 않을 수 있을 거야.

끝으로 직장에서 업무를 보는 순간이든, 레저를 즐기는 순간이든 항상 잊지 말았으면 하는 것이 있다. 흔히들 자신만의 것이라고 착각하기 쉽지만, 시간은 나만의 것이 아니라는 점이지. 만약 너희가 어린 시절 엄마가 출근할 때마다 울었다면 과연 엄마가 일을 계속할 수 있었을까? 아마 날마다 눈물로 지새우다가 결국은 일을 포기했겠지만, 어린 시절부터 너희는 엄마를 배려했고 늘 파이팅을 외치며 웃는 얼굴로 배웅해줬단다. 그리고 엄마가 늦거나 출장을 가면 아빠나 할머니, 이모들이 너희를 더 지극한 사랑으로 보듬어 주었음은 물론이고…. 결론적으로 엄마가 열심히 일할 수 있었던 것은 사랑하는 가족 모두가 자신의 욕심과 시간을 할애해 엄마에게 나누어 주었기 때문이었단다.

지금 너희가 사용하고 있는 시간에 충실해야 하는 이유가 바로 여기에 있다. 너희가 머물러 있는 지금 이 시간은 너희가 사랑하는 사람들과 행복을 나눌 수도 있었을 소중한 것인 만큼 가족과 친구, 주변의 양해를 얻어 그들에게 잠시 빌려 온 것이기 때문이지. 시간은 결코 혼자서 마음대로 할 수 있는 개인 소유가 아님을 명심하렴.

실은 시간 같은 건 존재하지 않는 거야. 시간이 흐른다고 사람들은 말하지만 흐르는 건 사람이고 시간은 언제나 이렇게 멈춰 있는 거라고.

- 《츠지 히토나리의 편지》 중에서

스무 번째
편지

누군가가 몹시 밉고 싫다면
미움은 될 수 있으면 빨리 없애렴

바쁘다는 핑계로 우리는 작은 일도 감사해야 함을 잊고 살아간다. 아직은 같은 하늘 아래 숨 쉰다는 핑계로 내일도 그러려니 하는 막연한 믿음만으로 우리는 참 많은 것을 품어 보지 못하고 살아가기도 한다. 마지막 순간, 몇 초의 짧은 시간에 그렇게나 가슴 저미는 한으로 남게 될지를 모르는 채로….

죽음의 순간에도 웃을 수 있을지, 후회하지 않을는지는 지금 이 순간을 얼마나 감사히 여기고 내 주변의 사람과 사물을 얼마나 애정 어린 눈으로 진지하게 바라보는가에 있다.

매일 아침 눈을 뜨면 늦은 밤 마시고 머리맡에 놓아둔 자릿물처럼 오늘 아침 나의 아이가, 남편이 곁에서 숨 쉬고 있으리라는 너무도 당연한

96

믿음에 습관처럼 감사하고, 더욱 겸손하게 하루를 보내고 계획한 것을 꼭 실천해야만 한다. 어쩌면 거짓말처럼 다음 날 아침을 함께할 수 없을지도 모르는 것임을 명심하고….

사람의 목숨처럼 질긴 것은 없다는 말이 있지만, 사람의 목숨처럼 기약할 수 없는, 실낱같은 것도 없더구나. 뇌에 산소 공급이 중단되면 얼마 지나지 않아 사람의 뇌는 그 기능을 대부분 잃게 되고 더는 아름다운 세상을 볼 수도, 내일 보자며 미뤄 둘 수도 없게 돼버리니까 말이야.

엄마가 경험한 호흡이 멈춰진 3~4분도 삶을 새롭게, 아름답게 보는 데 큰 역할을 했다. 너희도 옆에 있었던 것으로 기억해. 호흡곤란이 와서 힘들어할 때 엄마는 정신이 아득해지는 것을 느끼면서 사랑하는 너희의 얼굴과 목소리를 떠올렸단다. 그 짧은 시간에 정말 수많은 삶의 단상이 스치더구나. 정말 아름다운 일도 많았고 나름대로는 열심히, 잘 살았다는 생각을 했어. 그렇게 아득해지는 중에 문득 잘못했구나 싶은 일이 떠올랐지. 바로 엄마가 미워한 사람, 상처를 주고 미처 사과하지 못한 사람의 얼굴들이었단다. 세상의 마지막이 될 수도 있는 소중한 시간에 미워했던 사람의 얼굴까지 떠오르자 이대로 끝나면 너무 미안할 것 같다는 후회를 하게 됐던 거란다.

고비를 넘긴 다음 날 바로 그 사람들에게 전화를 했고, 그간의 미안함을 서로 사과할 수 있어서 너무나 다행스러웠다. 아쉬운 것은 서로 믿음이 깊지 않을 때 오해한 탓에 나를 싫어했거나 미워하는 사람이 생길 수도 있고, 그런 경우 아무리 설득하려 해도 이미 상대방은 마음을 닫고 있는 경우가 대부분이라는 점이다. 그 때문에 다시 이전의 관계를 회복하기 어려워 속상할 때도 많았단다. 만약 너희가 온 힘을 다해 진심을 전하려고 노력해도, 생각처럼 되지 않을 때는 차라리 시간이 해결해 주기를 기다려보는 것도 좋은 방법일 것 같구나. 사람에 따라 한 번 싫어진 사람에 대해서는 마치 이해하지 않기로 한 사람처럼 무슨 이야기를 해도 말꼬리를 잡고 도리어 그 말로 인해 더 화내고 서운해 하는 사람도 있을 테니까 말이야.

시간이 날 때마다, 소중한 사람과 함께 미워했던 사람, 서먹했던 사람의 명단을 적어보렴. 그리고 그들에게 전화나 편지로 안부를 전할 수 있다면 정말 행복할 것 같구나. 물론 가장 좋은 것은 사람을 미워하지 않는 거란다. 하지만 만약 어떤 오해나 사건 탓에 누군가를 미워하게 되거든 눈 한번 질끈 감고 한껏 안아 주렴. 너희에게 주어진 삶이라는 연극 무대의 끝은 꼭 해피엔딩이기를 바란다.

미움도, 더러움도 아름다운 사랑으로
온 세상 쉬는 숨결 한 갈래로 맑습니다.
차라리 외로울망정 이 밤 더디 새소서.

– 이호우 님의 〈달밤〉 중에서

토막글, 넷

● 서른한 번째 이야기

새벽이 다 가도록 여섯 시간 동안 기침과 구토에 시달리다 문득 창밖을 봅니다. 뛰어내리고 싶다는 생각이 들어 꾹 눌러가면서…. 글을 마무리 짓는 데 필요한 시간은 두 달 남짓…. 살게 해주세요. 시간이 더 필요합니다.

● 서른두 번째 이야기

늘 말하지만 절대 일방적인 것은, 무조건 잃거나 무조건 얻기만 하는 것은 없더 군요. 분명히 얻은 것이 있다면 잃은 것이 있고, 잃은 것이 있다면 채워질 것입 니다.

● 서른세 번째 이야기

불평불만 하자면 한도 없을 테니 가급적 감사한 일을 생각하며 '그래, 고마운 일 이다.'라며 다독여 보려고 합니다. 그냥 당한 일은 겪어내고 지금까지 몇 달 따스 한 마음 담아 행복했음에 감사하면서, 그 기운만으로 행복할 수 있을 듯합니다.

● 서른네 번째 이야기

병원에 오면 창밖으로 보이는 것이 세상의 전부입니다. 마치 한폭의 수채화처럼 창 밖 세상은 온통 눈으로 덮여 하얗게 빛납니다.

● 서른다섯 번째 이야기

감사하려고 합니다. 욕하고 싶고 원망하고 싶은 마음이 목까지 차올라도 그냥 감사하려고 애씁니다. '받아들이려고, 해결하려고 애쓰자' 며…. 그리고 주문을 걸어봅니다. 나는 행복하다고….

● 서른여섯 번째 이야기

저도 누군가의 도움을 받지만 작은 도움이나마 다른 이를 위해 나누려고 노력합니다. 조건 없는 사랑은 마음을 치유하는 효과가 있다고 《샘에게 보내는 편지》라는 책에도 나와 있듯이 다른 이를 사랑함으로써, 내 것을 나눔으로써 내 마음은 치유받기 때문입니다.

● 서른일곱 번째 이야기

모처럼 행복한 아침입니다. 따스한 햇볕, 그리고 사랑 받고, 사랑하는 사람이 있는 삶, 기댈 수 있는 사람이 있기에 느껴지는 안도감…. 이것이 행복이다 싶어지네요.

● 서른여덟 번째 이야기

당연한 것은 없습니다. 모든 것이 힘겹게 공들이고 기도해서 얻어진 것이지요. 공기 하나까지도 내 것이었던 것은 없었던 것처럼…. 하지만 그렇기에 세상은 해볼 만한, 살아볼 만한 것인지도 모른다는 생각을 합니다. 그렇게 노력하면 얻어지는 것이 있는, 내 것이 되는 세상이니까요.

● 서른아홉 번째 이야기

어릴 적 뭐든지 감사하다며 메마른 손으로 등을 어루만져 주시던 할머니 생각이 나네요. 그때는 몰랐는데 이제 알 것 같습니다. 당신의 일이 아닌데도 왜 다른 사람의 건강과 행복이, 제가 무탈한 것에 당신께서 감사한 일이라며 손을 모으셨는지.

● 마흔 번째 이야기

많이 행복했으면 합니다. 이 공기를 마음껏 들이마시고 자연도 즐기고…. 없는 것을 구하려 애쓰기보다 주어진 것을 즐기고 행복함을 느껴보면 어떨지요. 하나하나 적어보세요. 가져야 할 것보다 가진 것이 더 많을 테니까요.

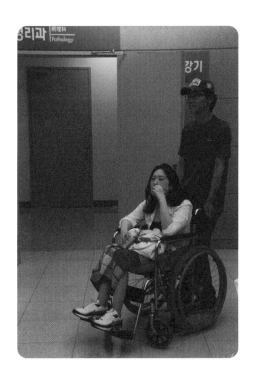

끝없는 시련으로 힘들어 하고 있다면
흐린 날도 즐길 줄 알아야 한단다

　세상 모든 것에는 양면성이 있단다. 흔히 비유되는 동전의 양면처럼 말이야. 하지만 그 양면에는 각각의 장점이 있기 마련이란다. 한 면은 옳고 다른 한 면은 그른 것이 아니라, 그 두 면이 각기 다른 풍경으로 그려져 있다는 것을 놓치고 살아가고 있다.

　날씨가 맑으면 맑은 대로 푸른 하늘과 청명함이 있어서 좋고, 흐리면 흐린 대로 차분히 가라앉은 마음으로 사색할 수 있어서 좋단다. 흐린 날은 오랜 친구들을 불러내어 차 한 잔, 또는 술 한 잔을 기울이며 옛 추억에 잠길 수 있어서 좋고, 모처럼 서둘러 귀가해 아이들과 함께 뜨겁게 김 오르는 부침개를 먹으며 쌓아 둔 이야기를 나눌 수 있어서 좋지. 너른 창가에 앉아 분위기를 내며 유난히 부드러운 커피 한 잔의 여유가 있어서 좋고, 평소에 망설여지던 습작을 할 수 있어서 더더욱 좋다.

아무리 힘들고 고통스러운 것도 언젠가는 끝나는 법이란다. 실패가 성공을 위한 하나의 과정이듯, 고통과 아픔도 마찬가지이다. 괴로움이 현재 진행 중이라면 앞으로 살면서 이보다 더 힘든 것은 없을 것 같고, 이 고비만 넘으면 무난해질 거라고 기대하게 되지. 하지만 삶은 마치 산의 굴곡 같아서 산등성이 하나를 넘으면 또 다른 능선을 만나게 되더구나. 물론 그렇게 오르고 내리는 것을 반복하다 보면 어느새 큰 산 하나를 넘어 기뻐하고 있는 자신을 발견하게 된다. 오르는 능선의 길이에 따라 굴곡의 길이와 넘어가는 시간은 다르겠지만 어떻게든 넘어서야 할 고비라면 차라리 빨리 넘는 것이 더 나을지도 모른다고 생각하렴.

하느님은 언제나 너희가 감당할 수 있을 만큼의 어려움만 주신다는 것을 믿자. 내 능력을 너무 과대 평가하신 것은 아닌지 괴로워하지 말고 그 정도는 되니까 이런 어려움을 주셨을 거라고 믿고 풀어보려고 노력하렴.

너무 밝고 맑은 것만을 추구하지는 말자. 때로는 어둡고 흐린 것의 뒤에 감춰진 아름다움도 찾아보려고 노력하렴. 지름길을 두고도 느리게 갈수록 아름다운 풍경도 보고 깨닫는 것도 많아지는 산행을 하고 있다고 생각하면 그리 힘겹지만은 않을 거야. 비 온 뒤의 하늘이 어제 하늘보다 더 맑고 밝게 보인다는 걸 안다면 잠시 스치는 어둠과 흐림의 소중함도 깨닫게 될 거야.

젖지 않고 피는 꽃이 어디 있으랴.

이 세상 그 어떤 빛나는 꽃들도 다 젖으며 피었나니

바람과 비에 젖으며 꽃잎 따뜻하게 피웠나니

젖지 않고 가는 삶이 어디 있으랴.

– 도종환의 〈흔들리며 피는 꽃〉 중에서

더 나은 길을 가려면
직감을 믿어보렴

    수많은 시험을 치르는 동안 가장 많이 사용하게 되는 인간의 능력은 어떤 것일까? 바로 직감이란다. 물론 그동안 공부해온 정보와 지식으로 판단하여 해결하는 문제도 많겠지만 왠지 기억나지 않거나 공부하지 않은 문제가 나오면 우리는 온 신경을 집중하여 가장 정답일 것 같은 번호 앞에 표시하게 되지. 바로 그때 사용되는 것이 직감이다. 신기한 것은 처음 표시한 번호가 대부분 정답이라는 점이야. 정답인지 오답인지 망설이며 원래 답과 다른 것으로 고치면 틀릴 확률이 높아지고, 의사나 소방관 등 순간적인 판단을 중요시하는 직업을 가진 사람은 직감 덕분에 큰 사고나 위급한 상황을 성공적으로 마무리한 경우가 많다는 것을 자주 보게 되지. 전혀 그럴 가능성이 없어 보이는데도 까닭 모를 대피 명령을 내린다거나 혹시 모를 5%의 질병에 노출되었을 것 같은 느낌만으로 검사와 수술을 시행해 환자를 살린 이야기에서도 직감은 위기의 순간에 가장 큰 보호막이 되어주기도 한단다.

사람을 많이 만나 왔던 어른들은 첫인상만으로도 상대가 선한 미소를 짓는지, 아니면 무언가를 얻기 위해 가식적인 웃음을 띠고 있는지 구분할 수 있고, 오래 사귈 만한 사람인지 형식상 만나고 헤어질 사람인지 알 수 있지. 물론 첫인상만으로 그 사람을 단정 짓는 일은 편견의 오류를 범하는 것이라고 지적하는 사람도 있지만, 경험적으로 볼 때 크게 틀린 적은 없었기에 더 의존하게 되는 것도 사실이란다. 사람의 인상은 그간 그 사람이 살아온 삶과 인성을 바탕으로 만들어지기 때문일 거야. 그러므로 우리는 모두 진실해야 한단다. 다른 이를 존중해야 하며 진지하게 다른 이의 말을 들어주어야 하며 나를 낮추어야 하고, 아낌없이 나의 모든 것을 줄 수 있으며 상대를 향해 마음을 열고 있다는 것을 느낄 수 있게 해주어야 한다.

그러한 사랑과 배려, 포용의 마음이 전해질 때만이 이 사람이 내 삶에서 소중한 사람으로 남겠구나 하는 직감을 갖게 해 줄 수 있을 거야. 다른 말 같지만 진심과 직감은 같다고 본단다. 진심으로 사람을 대하고 일을 처리한다면 이성적으로 설명할 수 없는 감각이 너희를 성공의 길로, 옳은 길로 이끌어 줄 거라고 믿는다.

험한 길에도 엄마가 지켜줄게, 힘내!

누구에게, 혹은 무엇에 당신이 주의를 기울이는지 생각해보라! 당신이 가지고 있는 에너지가 당신이 주의를 기울이는 곳으로 따라가기 때문이다. 힘을 실어주고 싶은 곳이 있다면 거기에 주의를 기울여서 당신의 에너지가 전달될 수 있도록 하라.

　　－ 게리트 자멜, 실비아 슈나이더의 《당당하고 쿨하게 사는 여성들의 좋은 습관》 중에서

관계 맺음에 대한 의문이 생길 때
그대로를 보고, 그대로를 사랑하렴

오랜만에 병원에서 나와 홍천에 오니 기분이 좋구나. 8월의 끝 무렵이어서인지 계곡물은 벌써 가을을 담은 듯 시린데도 아직 어린 너희는 온몸을 적시는 차가움을 한껏 즐기고 있다.

혹시 사고라도 날까 싶어 두 녀석이 잘 보이는 바위에 앉아 냇가에 발을 담그니 모여 있던 송사리들이 도망치듯 흩어지는구나. 한가로이 노닐던 송사리들에게는 작은 물의 흔들림도 위협적으로 느껴졌나 봐. 그러나 시간이 흐르자 처음 발을 담글 때 피하던 송사리들이 다시 발 주변에 모여들어 마치 오랫동안 그 자리에 있었던 고목의 뿌리 주변을 맴돌 듯 장난을 걸어오는구나. 흔히 볼 수 있는 공원 벤치 앞의 비둘기 무리처럼 사람을 무서워하지 않고 늘 그 자리에 있었던 하나의 존재처럼 익숙하게 받아들이는 모습은 작지만 깊은 행복감을 가져다주었지. 결국은 사람도 자연의 하나에 불과해서 서로 쉽게 친해지는 것임도 깨닫게 되었고, 자연을 이루는 모든 것을 파괴하는 자가 아닌, 피할 필요도 경계해야 할 이유도 없는 그 중의 하나인 존재에 불과하다는 것을 느끼게 된다.

　사람과 사람의 관계 맺음도 그렇지 않을까? 어떻게 이용할까를 생각하지 않고 그대로를 인정하면 한 폭의 풍경화처럼 자연스레 어우러져 지낼 수 있을 거란다. 아마도 사물과 사람을 그 자체로 보고 그 자체로 느끼며 그 자체로 들으면 되는 그런 마음, 편안히 그 자체로 받아들이는 마음이 바로 사람을 살게 하는 이유, 사랑의 참모습이기도 할 거야.

삶은 균형이란다.

늘 함께 있고 싶은 희망 사항이 지속되려면 들여다보려고만 하는 시선을 같은 방향으로 돌려야 할 것이다. 서로 얽어매기 보다는 혼자 있게 할 일이다. 거문고가 한 가락에 울리면서도 줄은 따로 따로 이듯이 그러한 떨어짐이 있어야 할 것이다.

– 법정 스님의 《영혼의 모음》 중에서

부모 되기가 쉽지 않지?
자식이란

너희도 언젠가는 사랑하는 사람을 만나 결혼을 하고, 눈에 넣어도 아프지 않을 아기를 낳겠지. 어린 나이에 비해 배려가 많은 재원이, 달처럼 애교가 많은 승원이를 키우면서 엄마로 세상사는 법을 배웠고 자식으로 얼마나 부족한 점이 많은 사람이었나를 깨닫게 되었다.

아픈 너희를 위해 밤을 지새우면서, 차라리 내가 아팠으면 싶어 꼭 끌어안으면 내 부모님이 떠오르곤 한다. 어릴 적 나를 그렇게 안아주시던, 맛있는 것만 보면 자식 생각이 난다고 하시는, 유난히 음식 솜씨 좋으신 할머니와 맛집으로 소문난 곳은 모두 데리고 다니시며 사주시던 할아버지가 말이야.

어릴 적, 할아버지는 약주를 하시면 늘 엄마와 이모들을 깨우셨단다.

그때는 메뚜기 튀김이나 개구리 튀김 안주가 있었는데 그런 것도 사 오시곤 했지. 물론 지금은 흔하지만 그때는 수입 상품점에서나 판매하던 바나나와 과일 통조림을 사 오실 때도 있었다. 먹고 싶은 욕심에 어쩌다 일어나서 눈을 비비며 몇 입 베어 물긴 했지만 잠결에 깨우는 것이 그렇게 유쾌하지만은 않았던 것으로 기억한다. 내일 먹어도 되는데 싫어 귀찮기도 했고…. 그저 할아버지가 장난치시는 것으로만 알았으니까. 그런데 지금 엄마도 일을 마치고 집에 들어와, 자고 있는 너희의 천사 같은 모습을 바라보게 되면서 그제야 할아버지의 마음을 알게 되었단다. 늦게까지 일하고 돌아온 날이면 유난히 너희의 깨어 있는 모습이 보고 싶더구나. 그만큼 힘들고 지친 날이라 더 그런 거겠지. 그런 날이면 언제나 내 편일 거라고 믿는 아기들에게 뽀뽀도 해주고 싶고, 보듬고도 싶고, 이런저런 일을 넋두리하듯 들려주고도 싶고…. 일어나면 기억도 못 할 테지만 잠결에 엄마가 던진 질문에 답이라도 해주고 뽀뽀를 해주는 날이면 얼마나 기뻤는지 모른단다. 그래서 엄마는 힘들거나 지칠 때마다 너희 뺨에 볼을 비비며 피곤을 잊었지. 어릴 적 엄마의 아빠가 그랬던 것처럼 자식은 부모에게 삶의 이유이고 행복이니까 말이야.

물론 그렇게 자식을 키웠으니까 부모에게 잘하라고 강요하는 것은 아니란다. 하지만 너희도 훗날 아이를 낳고 키우면서 엄마가 할아버지와 할머니께 받은 사랑을, 너희가 아빠와 엄마에게 받은 사랑을 꼭 전해 주었으면 한다. 그 사랑이 너희 아이들에게 세상을 이겨나가는 데 가장 큰 버팀목이 되어 줄 거야. 엄마가 수많은 순간 부모님보다 너희에게 이롭고 편리한 방법을 선택해왔던 것이 죄송하기는 하지만 또 그런 엄마를 할아버지와 할머니께서는 웃으며 바라보셨단다. 내리사랑이기 때문이겠지? 아마 아빠와 엄마도 너희의 자식사랑을 웃으며 바라보게 될 테니 마음껏 안아주고 예뻐해 주렴. 그 아이들 역시 너희에게 세상의 모든 기쁨을 안겨다 줄 거야. 재원이와 승원이가 엄마에게 그랬던 것처럼.

세상을 이겨나가는 데 가장 큰 버팀목이 되어주시는 부모님, 사랑합니다!

세상의 모든 기쁨을 안겨다 준 최고의 선물들!

그런 즉 믿음, 소망, 사랑 이 세 가지는 항상 있을 것인데 그 중에 제일은 사랑이라.

– 고린도 전서 13장 13절

사람의 마음을 알 수 없을 때
보이는 대로 믿어주렴

가끔은 투명 인간이 되고 싶다는 생각을 할 때가 있다. 아니면 대단한 직관력으로 내가 대하는 사람들의 진심을 알 수 있을 만큼의 능력을 갖추거나….

사람의 마음을 알 수 있다면 얼마나 좋을까? 진정으로 나를 생각해 주는 사람을 알 수 있고, 힘들어 하는 부분도 말하기 전에 읽어 내서 미리 도와줄 수 있고 여러모로 좋을 텐데….

그런데 이렇게 되면 사는 재미가 반감되겠지? 내가 좋아하는 사람이 어떤 선물을 받고 기뻐할지, 어떻게 프러포즈를 할지, 시작한 사업은 잘될지, 반응은 긍정적일지하며 떨리는 두근거림이나 설렘도 없을 테고 말이야. 그래서 사람의 마음을 알 수 없다는 것은 일면 다행스럽고 감사한 일인지도 모른다. 그럼에도 사람들은 알고 지내는 모든 이들의 진심이 무엇인지를 캐내고 싶어 하는 욕망이 있다. 그런데, 그 마음이 과하면 상대방과는 전혀 다른 생각을 내 마음속에 키워 가는 오류를 범할 수 있기에 도가 지나치지 않도록 늘 마음을 다스려야 한다.

'추론의 사다리를 타지 마라.' 라는 말은 엄마의 상사분이 해주신 말씀으로 지금도 마음 깊이 새기고 있다. 같은 상황이라도 사람에 따라 전혀 다른 반응이 나오고 그에 따라 결과도 달라지기 마련인데, 아무런 증거나 깊은 성찰 없이 그렇게 될 거라고 막연히 상상하고 그것을 사실인 것처럼 믿어버려서 다른 사람을 상처 입게 하는 경우가 있더구나. '간섭'과 '관심'은 다르단다. 모든 것을 자신의 경험에 비추어 판단하고 그렇게 될 거라고 섣부른 결론을 내리는 일이 없도록 매사에 신중하길 바란다.

생각은 하되 역시 중용을 지켜 지나치지 말며, 의심이나 궁금함이 있으면 솔직하되 예의를 갖추어 물어 해결하는 자세를 보인다면 할 일 없는 구설에 휘말리는 피곤함도 예방할 수 있을 거야.

우리의 모든 품위는 생각하는 데 있다. 그러므로 잘 생각하기로 힘쓰자. 이것이 도덕의 원리다.
                                                          － 파스칼

수술하고 중환자실에 있었던 며칠간 외할아버지, 외할머니께 아이들을 부탁했었다. 할머니께서는 엄마에게 오셔서 무엇이든 잘 먹고 씩씩하다고 좋아하시면서, '구석에 쪼그리고 자는 모습이 너와 똑같더라.'며 웃으신다. 외할머니는 기억하고 계셨다. 딸의 어릴 적 잠버릇을…. 부모란 자식의 작은 것 하나하나까지 모두 그렇게 잊지 않고 평생을 보내는가 보다. 잠시만 떨어져 있어도 애타게 보고픈 이유는, 죽어서도 못 잊고 가슴에 묻어야 하는 이유는, 아마도 그렇게 추억하고 있는 것이 너무나 많기 때문은 아닐는지….

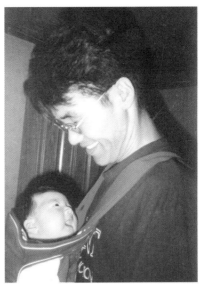

아빠의 사랑과 믿음이 너희에게 전해지기를….

토막글, 다섯

● 마흔한 번째 이야기

큰 병이 걸리거나 장애를 갖게 되면 처음에는 화가 나지만 결국에는 받아들이게 되죠. 살아야 하니까요. 어려움이 생긴 상황을 쉽다고 하면 그리고 아무렇지도 않다고 하면 거짓말이겠지만 결국에는 풀릴 거라 믿습니다. 너무 조급하게 서두르지만 않는다면요.

● 마흔두 번째 이야기

누군가를 위해 박수칠 때 그이를 위해 두 팔을 뻗어 진정으로 축하해 줄 수 있는 여유를 주시고 고통에 시달릴 때에도 그 뒤에 찾아올 평안에 더 감사할 수 있는 깨달음을 주시기 위함을 기억하게 해 주시고 지금 해야 할 일을 미루지 않는 부지런함을 주소서.

● 마흔세 번째 이야기

단 하루만 건강이 허락된다면, 한 번쯤은 원 없이 달려보고 싶습니다. 아이들과 바닷가를 걷고 보육원에서 아기들을 돌보는 봉사를 함께하며 사랑을 나누는 행복을 느끼게 해주고 싶습니다. 건강하게 된다면 하고 싶은 일이 참 많았습니다. 하지만 이제 더는 뒤로 미루지 않습니다. 지금 제 몸으로 할 수 있는 일을 찾아 실천하려 합니다. 마음까지 장애를 입으면 안 되니까요.

● 마흔네 번째 이야기

시간이 흐를수록 어떤 날이라는 것이 무색해지네요. 크리스마스도, 설도 그냥 그

날이 그날 같아지고…. 우리 모두 삶에 너무 무뎌지는 것은 아닌지 싶어 살짝 서글퍼집니다.

● 마흔다섯 번째 이야기

이별이 두려워 사랑할 수 없다는 이들에게 말씀드립니다. 정말 이별이 두렵다면 헤어져도 미안하지 않을 만큼 여한 없는 사랑을 하세요. 더는 줄 것 없는 사랑을 하고 나면 보내는 마음도 편안해질 테니까요. 바로 지금이 사랑하기 좋은 날입니다.

● 마흔여섯 번째 이야기

좋은 일, 기쁜 일이 생기면 그대로 행복을 즐겨야 하는데 불행의 전조일까, 두려운 마음은 왜 일까요?

● 마흔일곱 번째 이야기

온몸이 나를 위해 움직이지만 손은 다른 이를 위한 선물이지 싶습니다. 음식을 하고 편지를 쓰고 다독여주고 지칠 때 손 내밀어 다른 이의 손을 잡아주니까요. 그런 생각 덕분인지 주사 자국으로 멍투성이인 제 손도 기특하다 싶네요.

● 마흔여덟 번째 이야기

2003년도 여름으로 기억합니다. 성노원 아기의 집으로 봉사활동을 갔다가 지인이라는 아이를 만났습니다. 봉사하는 내내 저를 꼭 끌어안고 놓아주지 않았던 꼬마 아가씨였죠. 제 목을 끌어안고 놓지 않던 그 아이…. 입양도 고려했었지만 그 후로 몸이 나빠져 만나지 못했습니다. 하지만 그때 지인이의 손끝에서 느껴진,

사랑을 바라는 간절함은 잊을 수 없습니다. 비록 지속적인 사랑을 주지 못해 이렇게 죄스러운 시간을 보내지만 나눔으로 커지는 사랑이라는 보물을 우리 모두 누군가의 마음에 덜어주는 행복을 느꼈으면 합니다.

● 마흔아홉 번째 이야기

이렇게 감당 못할 통증과 고통을 겪게 하신 것은 제 판단만이 옳다 여기고 살아온 독선과 이기심을 반성케 하시고, 진정한 나눔은 형식적인 것이 아니라 정말 가진 것이 없다고 생각될 때 자신마저 아낌없이 줄 수 있는 희생과 사랑임을 깨닫게 하시기 위함임을 알았습니다.

● 쉰 번째 이야기

병원 창밖으로 보는 세상은 참 부럽습니다. 바삐 움직이는 사람들도, 다양한 옷을 입고 다니는 아가씨들도, 예쁜 다리 라인을 위한 높은 구두 굽도, 팔짱 끼고 다니는 연인들도, 아이 손을 꼭 잡은 젊은 부부도….

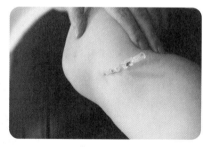
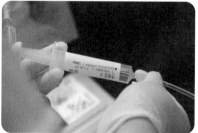

어떤 것을 해야 할지 걱정된다면
제일 잘하는 일을 하렴

사람이 동물과 다른 것은 숨을 쉰다는 것만으로 살아 있다고 이야기할 수 없다는 점이란다. 무언가를 간절히 소망하고 이루기 위해 노력하지 않는다면 매일매일 같은 하루의 반복일 것이고, 아무런 생각도 행동도 없을 테니까 말이야.

갓 태어난 아기 때는 엄마 품에서 기본적으로 필요한 면역력을 키우고, 어린 시절에는 나 혼자가 아님을 배우고, 청소년 시절에는 세상으로 나아갈 준비를 하고, 청년 시절에는 무소불위의 자신감으로 큰 어려움을 겪어도 보고, 중년에는 의욕보다 책임이 앞서는 삶의 무게에 눈물도 흘려보고, 노년에는 세상을 다 품을 만한 넉넉함을 지녀야 한다. 그처럼, 성장 단계에 따라 완수해야 할 과제가 있고 그 과제를 실천하기 위해서는 기본적인 경쟁력을 갖추어야 한다. 일반적으로 아주 어린 나이에는 부모의 도움을 받고, 주고 받음과 사고 파는 것에 대한 개념이 서면 물건을 교환하거나 주식 거래나 저축 등의 경제 활동을 시작하게 되지. 또는 직장에 취직하거나 일찍부터 사업을 시작해 자신의 경제력을 쌓게 되는데 그 시작과 끝은 개개인의 노력에 따라 매우 달라진다.

내 아이들이 성장해서 어떤 사람이 되었으면 좋겠다는 엄마로서의 바람은 있지만, 아직 좋아하고 잘하는 일을 결정하기에는 너무 어린 나이겠지? 그렇기 때문에 직장인으로서의 덕을 가르쳐 줘야 할지, 사업가로서의 덕을 가르쳐 줘야 할지 정확히는 모르겠다. 하지만 어차피 계약직이 늘고 평생직장이라는 개념이 사라지는 현대의 추세를 고려하면 너희가 성장했을 때 투잡(two job)은 일반적인 현상이 될 것으로 예상되는구나. 그러다 보면 작든 크든 사업을 하게 되겠기에 사업가의 도리에 대해 몇 가지 적어보려고 한다.

너희도 알다시피 외할머니는 아주 다양한 사업을 하셨기 때문에, 크게 성공한 적도 있고 집을 팔아야 할 만큼 크게 실패한 적도 있었단다. 하지만 그럴 때마다 할머니는 좌절하기보다는 일어날 수 있는 다른 길을 모색해서 매번 식구들을 놀라게 하셨어. 할머니의 이런 점은 딸로서가 아니라 한 사람으로서 할머니를 존경하는 부분이기도 하다.

사업이든 다른 일이든 처음에 계획한 대로만 이루어지면 무척 행복하겠지만, 사람이 하는 일에는 예상하지 못한 시련이 있는 법이어서 전혀 다른 방향으로 일이 진행되어 당황스러운 경우를 겪을 수 있더구나. 이런 경우를 대비해서 항상 잘 되었을 때는 물론, 생각과 다르게 일이 진행되는 경우를 가정해보고 그에 따른 대안을 세 가지 정도는 준비해 놓았으면 한다. 항상 최선의 선택을 하고 실천하겠지만 뜻하지 않은 결과를 가져오더라도 당황하지 않고 새로운 희망을 품게 하는 힘이 될 거란다.

다음으로, 사람과의 관계 유지를 최우선으로 하렴. 혼자 또는 가족의 힘만으로 해 나갈 수 있는 일은 그리 많지 않다. 일을 하다 보면 어떤 모습으로든 함께 길을 걸어주어야 할 동반자가 필요하기 때문이야. 동반자는 종업원일 수도 손님일 수도 있지만 어떤 모습이건 가장 큰 동업자임을 잊지 않고 그만큼의 배려를 해준다면 사람 관리 때문에 사업을 접어야 하는 일은 없을 거란다. 조금만 더 성장해서 작은 가게라도 운영하는 사람들과 대화를 해보면 금방 알겠지만 대부분은 사람 관리가 가장 힘들다고 이야기한다. 하지만 위에 서서 사람을 바라보고 관리하기에 앞서, 그 덕분에 내가 도움을 받고 있음에 감사하고 먼저 손을 내밀어 준다면 크게 힘들이지 않고 즐겁게 일해 나갈 수 있을 거야.

또 하나는, 다른 사람의 말을 긍정적으로 받아들였으면 좋겠구나. 사람은 안타깝게도 조금 어리석은 부분이 있어서, 자신의 결정만이 최고라고 생각하고 모든 분야를 잘해낼 수 있을 거라는 착각을 하기도 한다. 그렇다면 전문가라는 단어가 생기지도 않았을 텐데 말이야.

현명한 경영자가 되기 위해서는 각 분야의 최고가 누구인지 정도는 알고 있어야 하며, 어떤 일을 할 때 다른 사람의 말을 긍정적으로 받아들이는 것을 주저해서는 안 된다. 너희가 모든 것을 경험하기에 시간이 너무

짧을 수도 있으니 더 많은 경험과 기술을 지닌 사람을 찾아다니고 그들과 교류하는 것을 중요한 일과로 생각하고 실천한다면 훨씬 효율적으로 일을 진행할 수 있을 거야.

그리고 네가 잘하고 좋아하는 일을 하렴. 물론 시간과 공간적인 여러 조건을 고려해서 일을 결정해야겠지만 무엇보다 중요한 것은 '잘할 수 있는가?'란다. 다른 사람이 잘하는 일을 도와 사업을 하려고 하면 자칫 수동적이 되어 후회하거나 어려움이 닥쳤을 때 다른 사람의 책임으로 돌리고 빠져나가기 급급할 수 있기 때문이야. 모든 일을 잘하려고 하기보다는 한계를 인정하고 잘하는 일을 선택해 더 잘할 수 있도록 집중했으면 한다.

마지막으로 너그럽고 친절하려고 노력하렴. 개방적인 태도와 함께 관용의 덕을 지니고 있다면 어려운 시기를 극복하는 데 많은 사람의 뜻하지 않은 도움에 감사하게 될 날이 올 거야.

수영 연습을 그만두고 달리기 연습을 시작한 오리의 물갈퀴는 찢어지고 만단다. 네가 제일 잘하는 분야에 집중하렴.   - 이안시모어의 《멘토》 중에서

스물일곱 번째 편지

너무 많은 빚을 지고 살고 있음을 잊지 말았으면 해
범사에 감사하렴

사는 것은 빚을 갚는 과정이라는 말이 있단다. 평생 자식 걱정에 잠 한숨 못 주무시는 부모에게 빚을 지고, 때로는 질투하고 서운해 하면서도 마음 한구석에 자리한 채 서로의 행복을 빌어주는 친구에게 빚을 지고, 덕분에 많이 웃고 울며 사는 것을 배우게 해주는 자식에게 빚을 진다고 하지. 평소에는 잊고 지내기 쉽지만, 막상 마지막이라 생각하고 유언장을 써보거나 좋은 것을 보고 먹게 되면 함께 나누고 싶은 사람들의 모습이 하나, 둘씩 떠오를 거야. 그럴 때, 잊지 말고 명단을 적어서라도 마음의 빚을 조금씩 갚아 나가면서 살 수 있기를 바란다.

오늘도 몸이 많이 아파서 의사 선생님과 간호사 선생님들을 꽤 피곤하게 했어. 그런 미안함과 감사함에 앞으로 이분들에게 어떻게 신세를 갚을까 고민하던 차에, 옆 환자분의 보호자들이 또 엄마를 돕는다고 밥상도 들어주고 땀으로 범벅이 된 얼굴도 닦아 주었단다.

시간이 얼마 남지 않은 것 같아 그 짧은 시간에 일일이 다 갚을 수는 없겠지만, 치료를 잘 받고 좋아져서 다른 이들의 행복을 위해 베풀며 살아야겠다는 다짐을 했다. 흥부네 가족에게 박씨를 전해 준 제비처럼 감사함을 잊지 말고 열심히, 작은 것에도 감사하며 살다보면 전부는 아니어도 조금이나마 갚을 날이 있을 테니까.

세상에 아무도 너희를 사랑하고 이해해주는 사람이 없다고 생각되어 힘겨울 때, 차분히 앉아 그간 너희를 위해 행복을 빌어주고 감사했던 이들의 이름을 적어보렴. 아마 종이 한 장이 모자랄 만큼 많은 사람이 있을 거야. 그 사람들에게 감사하는 마음을 전하기에도 삶은 그리 길지 않을 테니 부디 매순간 선한 마음, 좋은 마음으로 열심히 살아주길 바란다.

병원에서의 인연…. 사랑합니다! 덕분에 아픔도 잊습니다!

삶을 성실히 살아야 하는 이유는 우리 모두가 누군가의 몫을 대신해서 살아가고 있기 때문이다.
－《모리와 함께한 화요일》 중에서

사랑하는 사람과 헤어졌을 때
너의 사랑을 몰라준다고 해서
서운해 하지 말길

　우리는 가끔 그릇된 사랑의 단편들을 보게 된다. 자신의 욕심이나 집착을 사랑으로 착각한다거나 자식을 자신의 소유로 보고 사랑의 표현이라며 지나친 폭력을 가한다거나, 자신의 사랑을 받아주지 않는다며 상대방을 더 힘들게 하는 경우들을 말이야.

　사랑은 사람을 사람답게 하고 삶을 그래도 살만하게 하는 최고의 가치이다. 그럼에도 진심으로 사랑하는 방법을 잘 몰라 그릇된 일들이 벌어지는 것을 보면 참으로 안타깝다.

　너희도 아기 때부터, 아니 엄마의 뱃속에서부터 각기 다른 사랑을 원했다면 믿어지겠니? 재원이를 가졌을 때는 과일과 고기 종류가 많이 먹고 싶었고, 이런저런 이야기를 해주며 배를 쓰다듬어주는 것을 좋아했단다. 승원이를 가졌을 때는 햄버거와 초콜릿처럼 단 음식들이 먹고 싶고, 영어를 들려주면 무척 즐거워했어. 태어나서도 재원이는 안아주는 것을, 승원이는 옆에 따로 뉘어놓고 이야기해주는 것을 더 좋아했지. 아직 다 자라지 않은 아기들인데도 이렇게 차이가 나는데, 하물며 각기 다른 환경에서 다른 것을 경험하며 자란 어른들의 사랑이야 말할 것도 없이 많은 차이가 있겠지.

사랑에서 무엇보다 소중한 것은 서로의 교감이란다. 흔히 사랑은 받는 것이 아니라 일방적으로 주는 것만을 숭고하게 여기는 경우가 있어. 하지만 그것도 상대방이 원하는 상황에서만 해당되는 것이지 상대가 귀찮아하거나 짐스러워하는데도 내 감정만 소중히 생각해서 받아달라고 하는 것은 견디기 어려운 폭력 그 이상도, 이하도 아니란다.

너희도 자라서 누군가를 사랑하게 되어 정말 소중히 생각하고 간직한 마음을 전했는데도, 상대가 받아주지 못해 가슴이 아플 때가 있을 거야. 그럴 때는 가지려고 욕심내거나 잃었다고 상심하기 전에 상대방이 진정 바라는 것이 무엇인지 한 번 더 생각해 보았으면 해. 그리고 답을 찾아냈다면 너희가 조금 쓰리고 다치더라도 그대로 실천하길 바란다.

삶과 죽음에서 '언제', '언제까지'라는 단어보다 '어떻게'라는 단어가 더 중요하듯이, 사랑도 상대에게 맞게 원하는 대로 해주는 것이 더 중요하다는 것을 잊지 말기를….

진심으로 사랑했고 온 힘을 다했는데도 그 사랑이 전해지지 않았다면 이렇게 생각해보자. 사람이 싫은 게 아니고 사랑의 방법이 나와 다른 사람이었다고 말이야.

삶이 기술인 것과 마찬가지로 사랑도 기술이라는 것을 깨닫는 것이 중요하다. 어떻게 사랑하는가를 배우고 싶으면 다른 기술이나 음악, 그림, 의학이나 공학 기술을 배우려고 할 때 거쳐야 하는 과정을 거치지 않으면 안 된다.

– 에리히 프롬의 《사랑의 기술》 중에서

스물아홉 번째
　　　　편지

가진 것이 없다고 생각하니?
나눔의 아름다움

삶이 아름답기 위해 갖추어야 할 몇 가지 조건이 있다.

첫 번째, 무엇이든 사랑하고 이해하는 마음을 갖추어야 하며, 두 번째, 편견이나 선입견 없이 사물을 바라보며 다른 이의 충고를 받아들이는 데 주저함이 없어야 한다는 거야. 세 번째, 내가 가진 물질과 지식, 마음을 아낌없이 베풀고 나눌 줄 알아야 하지. 이는 내게 주어진 모든 것은 함께 공유하는 것이라는 전제 조건에서 시작하는 삶의 자세이며, 지나친 욕심을 없애고 작은 일에도 감사할 줄 알며, 산다는 것 자체를 즐길 수 있도록 도와주는 긍정적인 사고란다.

나눔이라고 하면 흔히들 '자신의 것을 버리거나 줘버린다.' 는 개념으로 이해하고 실천을 미루거나 피하는 경우가 많더구나. 하지만 나눔이란

내 것을 전달함으로써 또 다른 기쁨과 존재감을 얻게 되는 행동으로, 누군가와 함께하는 실천이며 소멸이 아닌 생성의 과정이란다. 그럼에도 아직은 욕심만큼 채워지지 않았다는 이유로, '조금만 더 벌면 조금만 더 여유롭게 살아지면 나눠주고 베풀고 살 수 있을 텐데…', '나 먹고살 것도 없는데 다른 사람까지 챙길 수 있나.' 하며 언젠가 될지 모를 미래의 약속으로만 남겨두려 한다. 하지만 자신을 차분히 돌아보렴. 정말 가진 것이 없는가를….

아무것도 없다며 미리 포기하기에는 우리는 너무 많은 것을 소유하고 있단다. 모처럼 일찍 일어난 아침에 아내와 남편이나 자녀에게 들려줄 좋은 말 한마디가 있고, 따뜻한 차 한 잔을 줄 수 있는 사랑이 있고, 동료의 어깨라도 두드려주며 격려해줄 만한 손이 있고, 다른 사람의 고민을 들어주는 데 필요한 귀가 있고, 우는 사람에게 빌려줄 어깨가 있으며, 무엇보다 지금 먹고 있는 식사의 한 숟가락이라도 덜어서라도 굶주린 사람을 도우려는 애틋한 마음을 가지고 있지 않니? 가진 것이 없어 나누지 못하는 것이 아니라 내가 가진 것을 알지 못해 무엇을 나누어야 할지 고민하고 있는 거란다.

지금 엄마의 휴대전화에는 한복을 입고 어깨동무를 한 채 활짝 웃고 있는 너희의 사진이 담겨 있다. 그 모습을 볼 때마다 너희 덕분에 엄마가 받은 기쁨과 감사함을, 매일 아침 다른 사람들에게 밝은 미소로라도 돌려주어야겠다는 생각에서 항상 웃고 밝게 인사하고 있어. 잘 모르는 사람이라도 나를 보고 인사하며 웃어주면 반사적으로 누군지 모르면서도 같이 고개 숙여 인사하고 웃어 주게 되는 것이 인지상정이란다. 그렇기 때문에 너희에게서 받은 행복감이 그 사람의 하루를 조금이라도 기쁘게 해줄 거라고 믿고 있지.

숨 쉬는 게 힘들어지면서 다른 사람들에게는 너무나 자연스러운 것이 왜 내게는 이토록 어렵게 노력해도 힘겨운 것인지 불만스러웠다. 또, 강의를 다닐 수 없어지면서 더는 노력해 쌓아 둔 나의 지식과 마음은 전달할 방법이 없는 것인가에 화가 났었어. 하지만 도리어 걷는 것까지 힘들어지면서는 너희의 모습이 담긴 사진 한 장에 즐거워하고 귀여운 수다에 귀 기울이고 웃을 수 있는 맑은 정신이 깨어 있음과 이렇게 글을 빌어서나마 엄마로서 해주고 싶은 이야기들을 전할 수 있음만으로도 감사해졌단다.

돌아보면 아픈 이후로 너무 많은 것을 잃어버린 후에야, 많은 것을 가지고 있었음을 깨닫게 된 거야. 잃어 본 사람만이 가진 것의 소중함을 안다고 하지만 바라건대 아주 작은 것에도 감사하고 나눌 줄 아는 사람으로 성장해서 지금 가지고 있는 모든 것의 소중함과 감사함을 깨닫고 잃고 나서야 한탄하고 아쉬워하지 않기를 기도한다.

두 손 가득 사랑을 나누어 드립니다.

행복은 물질적인 소유나 경험이 아니다. 행복은 즐거운 생각과 감정이다. 행복은 우리 내부에 있고 완전히 우리의 통제권 안에 있다. 행복으로 가는 길은 없다. 행복이 바로 길이다.

                                            – 에릭 아론슨의 《대쉬》 중에서

결혼 생활에 어려움이 생겼을 때
결혼은 책임이란다

아빠와 엄마가 결혼한 지 벌써 십수 년이 지났다. 꽤 오랜 세월이 흘렀음에도 삶의 중요한 과정 중 하나인 결혼에 대해 이야기하는 것이 무엇때문인지 쑥스럽고 어려운 것은, 엄마가 아프기 시작하면서 너희에게도 안 좋은 모습을 보였다는 자책감 때문이란다.

너희가 어려서 솔직하게 이야기하지는 못했지만 엄마와 아빠도 함께 하면서 참 어려운 고비가 많았다. 여느 부부들처럼 헤어지고 싶은 적도 있었고 그 마음은 요즘도 가끔 내 삶에서 결혼이란 무엇인가를 다시 한 번 생각하게 하는구나.

전혀 다른 삶의 방식을 고집하며 삼십 년 가까이 각각 살아온 사람들이 만나 결혼이라는 약속과 동시에 시선을 한 곳으로 맞춰가기가 그리

쉽지만은 않았거든. 안타깝게도 보통의 엄마들이 그렇듯이 '너희가 없었으면 더 힘들고 불행했기에 갈라섰을 거야.' 라는 생각을 수도 없이 해야만 했단다. 자주 싸우고 힘들었던 가장 큰 이유는 가정 환경이 달랐기 때문인 것 같아. 할아버지가 군인이셨던 까닭에 아빠는 어려서부터 아버지께 비비고 응석을 부리기보다는 엄한 가정 환경에서 독립적으로 자랐고, 엄마는 응석을 부리고 맛있는 것을 함께 즐기는 친구 같은 존재로 아빠를 기억하거든. 어느 쪽은 맞고 어느 쪽은 틀린 문제가 아니라, 서로 다른 모습을 보고 자라 와서 아버지, 어머니로서 아이들을 대하는 태도나 서로의 역할에 대한 기대가 달라서 자주 부딪힐 수밖에 없었던 듯 싶구나. 안타깝게도 취미 생활도 같지 않아서 결혼한 후 너희 외에는 함께 공감할 부분이 전혀 없었던 것도 사실이고….

그렇다고 엄마의 결혼 생활이 불행하고 어렵기만 한 것은 아니란다. 결혼 초에 아빠가 많이 편찮으실 때는 엄마가, 지금처럼 엄마가 많이 아플 때는 아빠가 서로를 기다리며 보살펴주고 있으니까. 그것도 그냥 감기 몸살 정도로 아픈 게 아니라 생사를 넘나드는 투병생활을 함께해 온 사이이기 때문에 이 사람이 정말 나와 십년 넘게 살아온 사람인가 싶을 만큼 낯설게 느껴질 때도, 군인들이나 느낄법한 전우애 같은 심정으로 극복해 갈 수 있을 만큼 굳게 엮어진 한 팀이란다.

그런 의미에서 결혼은 아주 다른 두 사람이 같은 추억과 같은 삶의 의미를 찾고 만드는 과정이라고 할 수도 있겠지. 그렇기에 결혼 초에 '우린 너무 다른 것은 아닐까?' 하는 의문으로 쉽게 헤어지거나 서로의 마음을 저버리는 일은 없었으면 한다.

물론 엄마도 아직 결혼 생활을 완성하지 못했고 꾸려 나가는 시기라 감히 결혼은 이런 것이니 이렇게 하라고 단정 짓지는 못하겠지만, 나름대로 결혼에 대한 경험을 바탕으로 몇 가지만 부탁할게.

첫 번째, 결혼 상대는 참 오랫동안 함께해야 할 사이임을 잊지 말고 모든 면에서 비슷한 사람을 찾았으면 한다. 경제적인 면은 물론 교육 수준이나 가치관(특히 가족에 대한 가치관)이 비슷한 사람이면 좋겠어. 만약 너무나 다른 사람을 만났다면 같이할 수 없음을, 같아질 수 없음을 포기하지 말고 그냥 그대로 다른 사람임을 인정하고 서로 존중해주는 마음으로 배려하길 바란다.

두 번째, 상대를 존경했으면 한다. 일반적인 존중과는 다른 거란다. 상대의 장점을 보고 그 부분에 집중하면 내 동반자가 굉장히 소중하고 대단한 사람으로 여겨질 거야. 평생의 동반자로서 장점을 극대화하는 데 도움을 주고 너희 역시 그 부분을 존경해 줄 수 있다면 서로를 무시하거나, 가볍게 여겨 상처를 주는 일은 없을 거야.

세 번째, 결혼은 책임이다. 물론 살다가 서로 맞지 않는 부분이 너무 커서 정말 이대로는 안 되겠다 싶을 때가 있을 거야. 그래도 최소한 세 번은 참고 배려하며 웃음으로 고비를 이겨낼 수 있을 정도의 넉넉함은 갖추었으면 한다. 결혼은 일회성 행사가 아니라 경건한 의식인 만큼 수많은 사람 앞에서 서약하던 때의 마음을 잊지 말아야 한다. 결혼은 그날의 약속에 대한, 서로 함께해 온 시간에 대한 책임임을 기억했으면 좋겠구나.

흔히들 결혼은 사랑의 결실이자 연애의 끝이라고 생각하지만, 결혼은 삶을 만들어가는 하나의 부분이며 과정이고 둘이 진정한 하나가 되는 새로운 사랑의 시작이란다. 결혼을 했으니 이제 끝이라고 생각하고 느슨해지지 말고 서로를 항상 배려하고 아끼며 후회하지 않을 만큼 충분히 사랑을 표현하고, 자기를 발전시키는 데 게으르지 말았으면 좋겠구나.

행복했던 날!

사랑하는 것은 사랑을 받느니보다 행복하나니라.

오늘도 나는 너에게 편지를 쓰나니

그리운 이여, 그러면 안녕!

설령 이것이 이 세상 마지막 인사가 될지라도

사랑하였으므로 나는 진정 행복하였네라.

– 유치환의 〈행복〉 중에서

토막글, 여섯

● **쉰한 번째 이야기**

고된 일을 마치고 돌아와 잠든 아이들을 보고 그 곁에 누우면 한없이 마음이 편해집니다. 이 곳이 천국인 듯합니다.

● **쉰두 번째 이야기**

사랑합니다. 한없이 사랑합니다. 오늘 저는 잘 보이지 않는 것이 얼마나 무서운 것인지, 두려운 것인지를 실감했습니다. 하지만 보이지 않는 것 역시 삶의 불편함일 뿐 영혼을 가둘 수는 없음을, 삶을 불행하게 만들지는 않는다는 것 또한 깨달았습니다. 장애는 조금 불편한 것일 뿐입니다.

● **쉰세 번째 이야기**

호두과자의 호두만 꺼내서 제게 주는 둘째 녀석···. 과연 엄마의 치매 예방을 위해서 준다는 말이 사실일까요? 왜 아몬드 초콜릿에서 아몬드만 빼주는 얄미운 아이가 생각날까요?

● **쉰네 번째 이야기**

아이들이나 남편을 위해 돈을 쓰는 것은 아깝지 않은데 왜 내게 쓰는 커피 값은 아까운건지···. 머리끈 하나 사는 것도 돈이 아까워서 노란 고무줄로 묶었다가 아이들에게 혼이 났네요.

● 쉰다섯 번째 이야기

사랑합니다. 감사합니다. 소중한 인연을 주심에….

● 쉰여섯 번째 이야기

큰 아이가 쓴 시입니다. 제목은 빛입니다.

〈언제나 밝게 빛나며 우리에게 희망을 주고 바른길로 가도록 도와주는 빛, 나에게 있어 그 빛은 가족이다〉

● 쉰일곱 번째 이야기

내일 행복하려고, 내일 집을 사려고, 내일 여유로워지려고 오늘을 희생시키지 않았으면 합니다. 지금 이 순간은 절대 돌이킬 수 없는 소중한 선물이기에 지금 웃고 지금 최선을 다하는 삶이었으면 합니다.

● 쉰여덟 번째 이야기

살아있을 때 해야 할 일을 적은 것을 보니 부모님께 편지 쓰기를 아직 못했네요. 왜 자꾸 부모님과 관련된 것은 미루게 되는지…. 부모님 생각을 하니 또 눈물이 흐릅니다.

● 쉰아홉 번째 이야기

기침이라도 멋지게 해주시면 좋은데…. 식구들을 깨울까 봐 거실에 나와 웅크리고 있습니다. 통증도 심해지고 너무나 괴로운 시간이지만 그래도 살아 있음에 감사해야겠지요. 이렇게라도 곁에 머물 수 있음에….

● **예순 번째 이야기**

옳은 일, 선한 일을 하려고 합니다. 조금 힘들 수 있겠지만 할 수 있을 때 발걸음을 떼어 길을 낸다면 누군가에게는 휴식과 평안을 줄 수 있을 것 같아서요. 물론 가장 행복해지는 이는 저 자신이겠지만요.

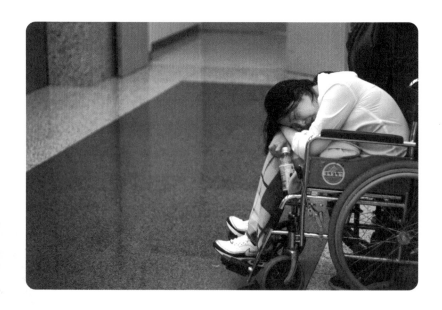

서른한 번째   편지

잘 죽는 것은 잘 사는 것을 의미한단다
죽음에 관하여(1)

재원이가 돌도 되지 않았고 승원이는 엄마 뱃속에 막 자리 잡았을 때의 일이란다. 아빠가 폐혈관 출혈이 생겨서 중환자실로 실려 가셨었지. 의사는 폐와 기도 간의 연결 부위가 너무 좁아서 그날 저녁을 넘기지 못할 것이라는 충격적인 말을 너무나 담담히 하더구나. 엄마는 그 자리에 주저앉아 울었단다. 그리고 승원이 네겐 너무나 미안한 고백이지만 너를 낳아 키울 수 있을지 순간이나마 고민했었다. 사람들은 한 가장의 죽음을 눈앞에 두고 있는 부인의 모습을 어떻게 상상하는지 모르겠지만, 엄마가 겪었던 순간의 기분은 막연함과 두려움 그 자체였어. 사랑하는 사람이 곁에 없을 수 있다는 것만으로도 힘이 드는데 그 후에 나 혼자 감당해야 할 시련이 영화 필름처럼 빠르게 스치고 지나가더구나. 특히 아빠를 찾는 너희의 모습과 아빠는 어떤 사람이었는지를 묻는 너희에게 아무 말도 할 수 없는 엄마의 모습이 그려졌다.

다행히 아빠는 그날 밤을 이겨냈고 시간이 흘러 이젠 엄마가 아프게 되었네. 담배를 피워서 병이 났다며 언젠가는 아빠로 하여금 엄마를 병 간호하게 만들겠다던 엄마의 악담(?)이 현실이 되었는지도 모르겠다 싶어 얼마나 후회하고 있는지 모른다(말이 씨가 된다는 옛 말이 있지. 우리 아가들은 엄마의 경험을 거울삼아 좋은 말만 할 것을 믿는다.).

천식에 근무력증까지 앓으면서 엄마는 몇 번의 고비를 넘겼지. 가끔 이러다 죽는 것은 아닐까 싶을 만큼 숨이 막힐 때는 너희의 모습이 떠올라 한 없이 눈물이 흐르기도 했단다. 그런 일을 겪은 후 눈을 뜨면 다시 너희를 안아 볼 수 있음에 감사했고….

다른 사람들은 한 번 겪기도 힘든 경험을 여러 번 해서일까? 엄마는 항상 죽음에 대한 준비를 중요하게 생각해 왔다. 삶의 의미에 대한 정리의 시간도 많이 가질 수 있었고 말이야.

사람들은 죽음에 대한 준비라고 하면 단순히 자신이 가진 것을 나누어 주거나 훗날을 부탁하는 유언장을 작성하는 일만을 생각하지만 그것은 아주 작은 부분에 불과하다. 왜냐하면 죽음에 대한 준비는 어떻게 하면 죽는 순간까지 잘 살 것인가를 계획하고 어떤 순간에 죽음을 맞이하더라도 최대한 편안하고 아름다울 수 있도록 사는 순간순간을 가꾸어 가는 것이기 때문이란다. 한 가지 예로 엄마는 아프기 전까지는 집을 사거나 좋은 차를 사고 돈을 많이 모으는 것만이 가장 큰 목표라고 생각했다. 그

것이 너희를 행복하게 해주는 길이라고 여겼으니까…. 하지만 엄마가 많이 아파 검사를 받고 결과를 기다리던 날, 탄천을 지나가면서 승원이가 바다라고 이야기하는 것을 듣고는 아차 싶더구나. 돈 번다는 핑계로 여행도 제대로 못 가봐서 승원이가 다섯 살이 되도록 바다가 무엇인지 모르고 탄천을 바다라고 이야기하는 거라 생각하니 너무나 미안하고 서러웠단다. 돈을 많이 갖는 것보다 가족들과 소중한 시간을 많이 갖는 것이 더 중요한 일이었음을 잊고 지냈다는 것을 비로소 깨달은 순간이었어.

다음 날 우리는 바로 서해안으로 하루 동안의 짧지만 아름다운 여행을 떠났고, 조개도 잡고 불꽃놀이도 하며 즐겁게 보내고 왔단다.

엄마뿐만 아니라 많은 사람이 정말 소중하고 중요한 일이 무엇인지를 잊고 사는 것 같아 안타까울 때가 많다. 엄마보다 더 치열한 세상을 살아갈 너희만이라도 엄마와 같은 실수를 범하지 않기를 바란다. 돈은 건강하다면, 아니 어쩌면 살아만 있다면 언제든지 벌 수 있지만 가족들과의 추억 만들기는 그때가 아니면 이룰 수 없는 아쉬움으로 남을 수 있단다. 그걸 잘 알고 가족과 그리고 너희를 둘러싼 소중한 사람들과 더 많은 시간과 마음을 나누는 데 삶의 많은 시간을 할애했으면 한다. 여러 사람에게 애정을 나누어주고 관심을 갖는 관계 맺음에 소홀하지 않는 것이 잘 사는 방법이며, 그래야만 삶의 마지막 순간을 편안히 맞이할 수 있으니까 말이야.

보고 싶은 것을 보고, 먹고 싶은 것을 먹고, 하고 싶은 일을 하며 그렇게 모든 것을 미루지 말고 제때 해야 후회가 없더구나. 아이들은 자라고 사람은 변해간다. 너희가 부모가 되었을 때 아이들을 위해 시간을 할애하지 않으면 훗날 아이들의 기억 속에 너희는 남아 있지 않을 수도 있단다. 무엇이든 미루지 말고 해야 할 때 실천하는 삶을 살아서 먼 훗날 후회 없이 웃으며 죽음을 맞이할 수 있게 되기를 바란다.

오늘도 문득 너희의 손을 잡고 바다를 보고 싶구나.

부모님이 돌아가시기 전에 단 한번이라도 사랑한다는 말을 하지 못하는 것은 영원한 한이 된다는 것을.　　　　　　　　　　　－ 페페 신부의 〈내가 이제야 깨닫는 것은〉 중에서

서른두 번째
편지

그만두고 싶어질 때
네 마음에 물어보렴

사람에게는 무한한 잠재력이 있단다. 본래 자신이 좋아했고 하고 싶어했던 것은 물론 내게 이런 능력이 있었나 싶을 만큼 자신도 놀랄 만한 능력도 갖추고 있지. 부모의 역할은 그런 잠재된 능력을 하나씩 발굴해서 가장 잘하는 것이 어떤 것인지 알려주고 더 성장할 수 있도록 도와주는 것이며, 그러기 위해서는 본인도 많은 노력을 해야 한다.

기억날는지 모르겠지만 이제 겨우 여섯 살, 여덟 살인 너희도 피아노, 미술, 태권도, 축구를 배웠고 그 중 몇 가지는 힘들어해서 그만두기도 했었지. 하지만 그때마다 엄마는 참 많은 고민을 했다. 이렇게 그만두게 하는 것이 잘하는 일인지, 싫다고 해도 조금은 더 지켜봐야 하는 것이 아닌지 하고 말이야. 그럴 수밖에 없었던 것은 하기 싫다고 너무 쉽게 그만두

147

면 어른이 되어 어떤 업무를 수행할 때에도 쉽게 포기하게 되지 않을까 걱정해서였어. 아쉽게도 엄마가 어릴 적에 할머니께서는 참 많은 것을 배울 기회를 주셨는데, 엄마는 하기 싫다는 이유로 끝까지 하지 못해서 그냥 다 조금씩 하는 수준에만 머물렀거든. 특히 아쉬운 것은 손에 땀이 많다는 이유로 포기한 피아노 연주란다. 정말 멋지게 연주하고 싶었는데 엄마를 지도해주시던 피아노 선생님은 손에 땀이 많이 나서 가르치기 어렵다고 하셨고 어린 마음에 당장 그만두겠다고 했었다. 그때는 음악 감상에도 취미가 없었고 피아노쯤은 못 쳐도 상관없을 거라고 생각했는데, 지금 생각에는 누군가에게 연주를 들려주고 내 반주에 맞춰 노래할 수 있다면 무척 행복할 것 같다는 아쉬움이 남는구나. 너희는 좀 더 다양한 악기를 연주할 줄 알아서 자신도 즐기고 주변 사람들도 행복하게 해줄 수 있었으면 하고 바라지만 싫다는 것을 억지로 시킬 생각은 없단다. 단지 무언가를 시작했다면 그것을 그만둘 때에 좀 더 많은 고민을 했으면 하고, 그것이 정말 싫어서가 아닌 다른 이유로는(예를 들어, 함께하는 사람이 마음에 안 든다거나, 까닭 없이 지루해졌다거나) 포기하지 않았으면 한다.

너희도 잘 알다시피 엄마는 크게 무리가 되지 않는 한 하기 싫다는 것을 강요하지는 않잖니? 몸이 아파서인지 몰라도 사람은 언제 어떻게 될지 모르는 삶을 살고 있기 때문에, 언제일지 모르는 마지막 순간에 하기 싫다는 것을 괜히 강행했다가 후회하게 되는 상황을 만들고 싶지는 않거든. 그래서 더욱 너희 자신이 정말 하고 싶은 것과 그렇지 않은 것을 명확히 가려서 하고 싶어서 시작한 것이라면 끝까지 초심을 잃지 않고 끈기와 인내를 가지고 해냈으면 한다.

이것은 비단 취미 생활에만 그치지 않는다. 직장 생활을 할 때도 막 초보 딱지를 떼는 2~3년 차에, 그리고 5년, 7년, 10년이 되는 해에는 계속 이 회사에 다녀야 하는지, 이 일을 계속해야 하는지 따분해하고 비전이 없다는 이유로 그만두는 경우가 생길 수 있어. 하지만 일을 그만두기 전에 너무 한 가지 업무를 반복해서 오는 일시적인 스트레스를 자기 합리화하는 것은 아닌지 꼭 되돌아보기를 바란다. 광고회사 카피라이터, 방송작가, 고등학교교사, 보험설계사 등 꽤 많은 일을 경험한 엄마로서 여러 가지 직업을 경험해 보는 것도 좋지만 하나의 일을 꾸준히 해서 그 분야의 전문가가 되는 것도 무척 가치 있는 일이라는, 아무나 할 수 없는 일이라는 이야기를 해주고 싶구나.

이안 시모어는 《멘토》라는 책에서 '모죽은 심은 지 5년이 다 되도록 자라지 않지만 그 시기를 참아내면 무섭게 뻗어 나간단다. 5년 동안 자라기 위한 준비를 한 덕분이지.' 라고 이야기했다.

무엇이든 처음 시작할 때는 어렵고 갈 길이 험난하게 여겨지지만, 인내와 열정으로 그 고비를 넘기고 나면 그다음부터는 일에 대한 즐거움과 행복으로 하루하루를 보낼 수 있게 될 것을 믿으렴.

그만두고 싶다면 한 번만 더 생각해보자. 정말 이 일이 가치가 없는 것인지, 아니면 마음속에서 '그만 하라.' 고, '이 일을 하면 불행해질 것이다.' 라고 유혹하고 있는지 말이야.

질펀한 갯벌 속에도 삶은 계속된다.

자신이 내 건 목표에 목숨을 거는 사람의 의지에는 그 무엇도 당할 수 없다.

– 벤저민 디즈레일리

믿음

보이지 않는 것, 아닌 것까지 믿는 것이
진정한 믿음이란다

　'보는 대로 믿는 것이 아니라 믿는 대로 본다.'라는 엄마가 좋아하는 말이 있다. 보이는, 내가 처해 있는 현실만을 생각한다면 세상이 너무 어렵게만 여겨질 수 있고 더 나은 미래를 가꾸기 위한 노력에 스스로 많은 의심을 하게 되더구나. 그 때문에 살아가면서 무엇보다 자신의 신념과 능력에 대한 확신, 곧 믿음이 필요하게 되는 거란다.

　낮에는 태양이, 밤에는 달과 별이 보인다는 사실을 믿는 이들은 많지만 그 넓은 우주를 인간이 탐사할 수 있다는 것을 믿은 사람은 적었다. 물론 그럼에도 우리는 어린 시절 본 만화에서처럼 많은 것을 보고 인공위성까지 띄워 가며 지구를 은하계의 리더로 만들기 위해 계속 노력하고 있지. 엄마가 이 글을 쓰고 있는 요즈음은 줄기세포 연구로 신경손상 환자들이 새 삶을 얻게 되리라는 막연한 희망을 품고 있지만, 몇 년이 흐른 후에는 너무나도 일반적인 의학 기술이 될 게 자명한 것처럼 꿈과 희망은 결국 내일의 현실이 될 거야.

사람 간의 믿음도 마찬가지란다. 가족 중 누군가가 살인이나 그에 준하는 무서운 범죄를 저질렀을 때 다른 사람을 모두 비난해도 부모는, 형제자매만은 따스하게 받아줄 수 있는 것은, 그 사람이 그럴만한 이유가 있을 거라는, 그 사람의 천성은 나쁘지 않다는 믿음이 있기 때문이란다. 사람에 대한 믿음은 보이지도, 보여줄 수도 없는 거야. 그렇기에 쉽게 사람을 믿을 수 없기도 하지만…. 그래도 기왕 어렵게 누군가를 믿기로 했다면 그로 인해 네가 피해를 보더라도 다른 사람을 원망해서는 안 된다. 믿음이란 어떤 상황에서도 변해서는 안 되는 것이기에 신중하고 또 신중했으면 한다.

그래서 엄마는 너희가 항상 꿈을 잃지 않고, 누군가가 말도 안 되는 일이라 비난할지라도, 스스로 확신할 수 있고 이루기 위해 노력할 만한 가치를 지닌 일이라면 끈기와 인내로 실천할 수 있는 사람이 되었으면 한다. 다른 사람에게 피해를 주는 일이 아니라면, 가치 없는 일이 아니라면 너희가 믿는 대로 모든 것은 이루어질 것임을 믿는다. 꿈을 꾸는 만큼 내 사랑하는 아들들의 삶이 풍요롭고 아름다워질 것임도….

자신의 믿음에 대한 신념을 가져라. 그리고 자신의 의심을 의심하라. - 로버트 H 슐러

서른네 번째 편지

네 마음을 몰라줘서 서운할 때
진심은 통한단다, 모든 일에 마음을 담으렴

기억날는지 모르겠구나. 1년 전만 해도 엄마와 아빠가 가는 곳이라면 어디든 따라다니던 재원이가 며칠 전 엄마 병원에 따라오지 않아서 전화로 엄마가 서운하다고 했었지? 그랬더니 재원이가 "엄마, 화났어? 나는 그냥 만화만 보고 가려고 그런 건데… 엄마는 나를 안 믿고…"하면서 참 서럽게 울었단다. 승원이도 대부분의 눈물은 엄마가 승원이의 마음을 몰라준다거나 형의 말만 듣고 승원이의 말은 안 들어준다는 이유였지.

어린 너희가 느꼈던 그 기분, 내 마음을 몰라준다는 느낌은 커서도 무척 서운하고 슬프게 만드는 이유 중에 하나란다. 내 마음은, 의도는 그런 게 아닌데 상대방은 전혀 다른 의미로 받아들일 때 지금까지 쌓아 온 관계가 깨지는 것 같고, 무엇이 잘못된 것인지 몰라 당황스럽기도 하고 그렇거든. 교사로 근무하던 시절 학생들을 대할 때 엄마처럼 또 언니처럼 대했다고 생각했지만 누구는 예뻐하고 누구는 싫어하는 것 아니냐는 오해도 받았고, 보험 영업을 할 때는 만나기도 전에 마치 무척 해로운 것을 강매라도 하는 사람처럼 급히 내쫓는 사람들 때문에 몰래 울었던 적도 많았단다. 그럴 때마다 이 일을 계속 해야 하는지, 내가 왜 이런 취급을 받아야 하는지 누가 뭐라 하지 않아도 서럽고 힘들었지. 하지만 그때마다 '진심은 통한다.' 라는 말을 되뇌이며 극복해 갈 수 있었단다.

수많은 교사가 있었지만 아이들 한 명 한 명의 생활에 관심을 갖고 이끌어주다 보면 정말 엄마처럼 품을 수 있을 것 같았고, 비록 회사마다 비슷한 보험 상품이지만 정성을 담아 설명하고 어떤 이유에서 필요한지 생각하고 권유한다면 나만이 판매할 수 있는 특별한 선물이 될 거라고 믿으며, 그 마음이 전해지기를 확신했었다. 물론 엄마의 의도와는 다르게 서로에게 마음의 상처로 끝나버린 경우도 없진 않지만 시간이 흐르고 처음과 같은 진심으로 그 사람을 대한다면 언젠가는 오해도 풀리고 다시 이전과 같은 관계를 회복할 수 있으리라 믿어 의심치 않는다.

엄마의 이야기가 믿어지지 않는다면 이런 실험을 해보자. 하얀 종이 두 장을 꺼내어 한 장은 그대로 놓고 한 장에는 사랑하는 사람의 이름을 크게 적어보렴. 단, 그 사람의 이름을 적을 때에는 꼭 그 사람의 모습을 그리고 사랑하는 마음을 담아야 해. 준비되었으면 아무것도 적혀 있지 않은 종이를 찢어 보는 거야. 다 됐니? 그럼 이번에는 나머지 한 장을 찢어볼까? 아마 사랑하는 사람의 이름이 적힌 종이는 백지와는 다르게 쉽게 찢을 수 없을 거야. 마음을 담은 종이이기 때문에 왠지 그 사람인 것 같아 망설이고 주춤하게 되거든.

너희가 무슨 일을 하게 되든 같은 일에 종사하는 사람들은 많을 거야. 그리고 살아가면서 숱한 오해와 말실수로 본의 아니게 다른 사람을 다치게 하고 자신도 상처받는 경우도 많을 테고…. 그럴 때마다 어떻게든 빨리 풀어보려고 서두르다 도리어 더 큰 오해를 만들기보다는 호흡을 가다듬고 기다릴 줄 알았으면 해. 마음을 다했다면 너희가 하는 일은 가장 특별한 너희만의 것이 될 것이고, 어떤 오해라도 눈 녹듯이 잘 해결될 것임을 믿으렴.

다시 한 번 말하지만 진심은 통한단다.

형제와 자매간에 마음을 나누고 사랑하는 모습이 계속되길…. 엄마의 가장 큰 소원이야.

기술적인 면에서 자신의 수준만큼 하는 사람은 많다. 그러나 자신만큼 감정을 담아 표현해내는 사람은 없다. 발레에서 중요한 것은 기술보다 마음, 감정의 표현이라고 생각한다.

- 발레리나 강수진의 인터뷰 중에서

서른다섯 번째 편지

소원
해주고 싶은 것들

아프고 난 후 해주고 싶은, 다른 이들에겐 너무 쉽고 엄마에겐 너무 어려운 일들이 있단다.

음료수 병뚜껑 열어주기, 손톱과 발톱 깎아주기, 학교 급식 지도해 주기, 손잡고 산책하기, 수영 가르쳐 주기, 테니스 치기, 등산하기, 언제이건 힘들고 지치는 일이 있을 때 엄마 무릎 베고 쉬어갈 수 있게 해주기….

다 해 줄 수 없어 너무나 미안하구나.

토막글, 일곱

● 예순한 번째 이야기

어릴 적 부모님과 함께 섰던 부산 앞바다에 갔습니다. 한 공간, 다른 시간, 다른 모습의 추억을 아이들과 나누게 되더군요. 삼십년 전 어린 아이는 그만한 아이의 엄마가 되어 바다를 바라봅니다. 이제는 부산하면 아이들과의 기억이 부모님과의 기억을 이기며 먼저 떠오르게 되겠죠? 우리가 걷는 곳에는 모두 가족, 사랑, 희망이 숨겨져 있다는 생각에 모든 곳이 새롭습니다.

● 예순두 번째 이야기

온몸이 붓고 기운을 차릴 수 없는 시간을 이겨내고 있습니다. 오늘 희망을 심지 않으면 내일을 기대할 수 없기에 지치지 않고 글을 쓰려 합니다. 그냥 컴퓨터에 묻혀버릴 수도 있을지 모르지만 그래도 제 노력이 헛되지 않으리라 자신을 믿어주며 열심히 손가락을 움직여 마음을 옮깁니다.

● 예순세 번째 이야기

강원도 횡성의 도살처분 현장에서 안락사로 죽게 된 어미 소가 마지막 순간까지 젖을 불렸다는 기사가 나왔네요. 모성은 종을 초월해 우리 모두를 따스하게 품어줍니다.

● 예순네 번째 이야기

어떻게든 사람은 품을 수 있을 만큼 품어 주어야 합니다. 살아가는 데 끝까지 힘을 줄 유일한 존재는 사람이기 때문입니다.

● 예순다섯 번째 이야기

떠나고 싶을 때 떠나세요. 건강하고 행복한 잠시간의 휴식일지라도….

● 예순여섯 번째 이야기

몸이 아프다는 것이 그다지 나쁜 일만은 아닌 듯합니다. 고통스럽고 불안하지만 매시간을 감사히 생각하게 만들고 최선을 다해 살도록 해주니까요.

● 예순일곱 번째 이야기

두 가지 욕심이 갈등합니다. 하나는 많은 사람의 마음속에서 잊히지 않기를 바라고, 하나는 빨리 잊혀져 더는 힘들어하지 않기를 바라고…. 하지만 얼마 동안을 기억하든 밝고 웃는 행복한 제 모습이었으면 하는 것은 변함없습니다.

● 예순여덟 번째 이야기

행복, 행운, 기적을 찾아 헤맸지만 다른 곳에서 마주할 수 없었습니다. 제 마음으로 꼭 쥐고 있었으니까요. 이미 살아온 시간이 바로 행복이었고, 행운이었고, 기적이었습니다.

● 예순아홉 번째 이야기

오늘처럼 하늘 좋은 날 소풍 나온 아이처럼 한껏 노닐다 너른 등에 기대어 쉬다가 조용히 떠나고 싶다. 웃으면서….

● 일흔 번째 이야기

진심을 다해 감사하고 아낌없이 사랑하며 마음으로 소통할 수 있게 하소서. 죽는

날까지 당신께서 주신 제 육신과 영혼의 모든 것을 기쁘게 나누고 웃으며 당신께
서 부르시는 곳으로 떠날 수 있게 해주소서.

돈 문제로 고민스럽니?
자산 관리는 소액에서 시작한단다

《대시》라는 책에서 읽은 한 가지 이야기를 해줄게. 한 남자가 새로 산 벤츠 자동차를 길가에 세우고 차 문을 열었지. 바로 그때 난데없이 자동차가 나타나서 그의 차 문을 들이받고 지나갔다. 잠시 후 경찰이 현장에 출동했지. 그 남자는 사고로 팔이 잘려나간 것도 모르고 "내 벤츠! 내 벤츠!"라고 소리쳤어. 경찰이 그에게 말했지. "선생님! 차보다는 팔부터 걱정해야 할 것 같군요." 그러자 남자는 절단된 팔을 내려다보며 또다시 소리치기 시작했어. "내 롤렉스! 내 롤렉스!" 설마 이런 일이 있을까 싶겠지만, 세상에는 의외로 돈의 노예로 사는 사람이 많단다. 아마 돈에 한이 맺혔다는 사람도 많이 만나게 될 거란다.

지인들에게 무언가를 해주고 싶을 때나, 새로운 사업을 시작하거나,

또 다른 경제력을 갖추고 싶을 때도 돈이 필요하고, 무엇보다 내 식구들에게 맛있는 음식을 사 주고 좋은 옷을 입히고 싶어도 돈이 필요하니까 말이야. 그래서 어떤 사람들은 조금이라도 돈을 더 벌 수 있다면 어제까지 함께 일하며 만들어온 프로젝트를 다른 회사에 빼돌리기도 하고, 다른 사람을 다치게 하면서까지 신의를 저버리기도 한다.

물론 돈이 필요하지 않다거나 하찮은 것이라는 이야기가 아니다. 엄마도 돈이 없어서 서러웠던 적이 많으니까. 하지만 이런 질문을 스스로에게 해 보렴. 무엇 때문에 일을 하는지 말이야. 아마도 돈을 벌기 위해서라고 대답하겠지?

그럼 왜 돈을 벌어야하는지 물어보겠니? 분명히 가족들의 더 나은 삶을 위해서 일거야. 이쯤에서 느껴지는 게 없니? 믿을 수 있을지 모르겠지만 돈은 삶을 위해 필요한 보조 수단일 뿐 너희 삶의 전체를 결정지을 만큼 중요한 목표는 될 수 없는 거란다.

만약 돈이 없다면 꼭 필요한 것인지를 먼저 생각하고, 만들 방법을 고민은 하되 기왕이면 너희가 즐거울 수 있는 일, 삶의 모든 것을 쏟아도 좋을 만한 일을 선택하면 돈은 오라고 하지 않아도 따를 것이라고 믿어. 그리고 돈은 주변 사람들에게 많이 베풀어야 다시 돌아온다는 사실을 명심하고 기부하는 것도 잊지 말도록 하렴.

은행은 가급적 한 은행을 거래하되 예금자보호 한도를 생각해서 운용하고 제2금융권의 상품이라고 무조건 불안해 하지만 말고 비교한 후 상품을 선택하렴. 급여를 받게 되면 비과세 상품을 골라 우선 가입하는 것은 기본이고 연금과 같은 자기 자금과 일반저축인 단기 자금으로 나누어 운용하고, 급여의 30% 이내에서 생명보험과 손해보험에 각각 가입해서 만일의 위험에 대비하는 지혜도 잊지 않았으면 한단다.

친구와는 돈거래를 하지 말라고 이야기하지만 솔직히 너희가 감당할 수 있는 한도 내에서라면 친구를 돕는 것이 당연한 일이라고 생각한다. 단지 친구에게 돈을 빌려줄 때에는 못 받아도 좋다는 나름의 각오를 하고 빌려 주어야 어떤 사태가 발생하든 우정이 깨지는 일이 없을 것임을 명심했으면 한다.

다시 한 번 강조하지만 돈은 노력하면 따르게 되어 있어. 일확천금을 꿈꾸거나 게으름을 피우지 않는다면 말이야. 엄마가 어려운 상항임에도 열심히 일하는 이유이자 미음이기도 하지. 어떻게, 얼마나 벌 것인가만 신경 쓰지 말고 어떻게 관리할 것인가를 신경 쓰도록 하고, 무엇보다 중요한 것은 번 돈을 합리적으로 쓸 줄 아는 너희 마음의 여유와 돈을 벌 수 있을 만큼의 건강을 지키는 것임을 잊지 않았으면 한단다. 벤츠나 롤렉스가 잃어버린 팔을 대신할 수는 없을 테니까 말이야.

지혜 위에 세속의 재산까지 겸하면 좋다. 그러면 햇빛을 즐길 수 있다.

– 구약성서 전도서

누군가 가야 할 길을 알려주었으면 싶을 때
인생은 선택의 연속이란다

　세상을 살 만하게 만드는 이유 중의 하나는 부모와 자식의 연을 빼고는 모든 것이 선택에 따라 달라진다는 데 있다. 바꿔 말하면 부모, 자식의 인연만은 천륜으로 그 누구도 거스를 수 없다는 이야기이기도 하단다. 운명론자들은 하필 그 순간에 그 방법을 선택하는 것 자체도 운명이라고 말하지만 그렇게 모든 것이 정해진 대로만 움직여진다면 고민과 노력이라는 단어는 이 세상에 필요 없겠지.

　어린 시절에는 '어떤 사람이 될 것인가? 동아리 활동은 어떤 것으로 할 것인가? 학급 임원 선거에 나갈 것인가?' 의 것들이 고민이었고, 고등학교 때에는 '어느 대학을 갈 것인가? 전공은 무엇으로 할 것인가?' 를 고민했지. 대학교 때에는 '사회 참여를 어느 정도까지 할 것인가? 대학원에 진학할 것인가? 취직할 것인가?' 등의 문제로 고민했고….

시간이 흘러 아무렇지도 않게 이야기하지만 매 순간 피가 마르도록 갈등하게 하였던 선택의 순간이자 결단의 순간이었다. 결국은 어떻게 살 것인가에 대한 문제인데, 하나를 얻으면 하나를 잃어야 하는 것이 세상사는 법칙이라도 되듯 고민거리를 저울질하는 것은 무척 어려운 일이었지. 아무리 머리가 복잡해 피하려고 해도 결국은 내가 선택해야 하고 그 결과도 내가 감수해야 하는 일이었으니 말이야. 결단을 내리는 데는 워낙에 많은 상황과 조건(언제, 누구와, 어떤 문제로 등)이 영향을 주기 때문에 정답이 있을 수는 없겠지만 몇 가지 참고했으면 하는 것을 적어보려 한다.

첫 번째, 고민의 시간은 짧아야 한다. 글을 쓰고 반복해서 고치다 보면 결국은 원문과 비슷해지듯, 생각도 너무 반복하면 시간만 흐르고 정신적으로 지칠 뿐 결국 결론은 처음 내린 것과 크게 다르지 않다는 거야.

두 번째, 다른 사람의 조언을 듣는 데 부지런하렴. 고민의 당사자는 자신이다 보니 아무리 노력해도 100% 객관적일 수 없지. 그러다 보면 내가 가진 선입견과 편견을 극복하기 어려운 상황이 되므로 평소에 나를 아끼는 사람들의 이야기를 참고했으면 한다.

세 번째, 어떤 것을 선택했을 때 닥칠 상황을 미리 생각해보고 문제점이 있다면 그 대안까지 제시하는 로드맵을 작성해보렴. 늘 이야기하듯 인생은 예상한 대로만 움직여지지 않기 때문에 계획대로 되지 않았을 경우의 행동 방안까지 계획에 넣어야 만일의 경우에도 당황하지 않고 대처

할 수 있거든.

네 번째, 가족의 행복을 최우선으로 고려했으면 한다. 여러 성공 관련 서적에는 자신의 행복이 가장 우선되어야 한다고 하지만 할아버지와 할머니는 엄마를 위해서, 엄마와 아빠는 너희를 위해서 그랬듯이 크게 불행해지는 상황만 아니라면 가족의 행복이 자신의 행복이라고 생각할 만큼 마음 넓은 가장이 되었으면 한다.

너희가 생각하기에는 너무 구식이라고 할지 모르겠지만 자식이 행복해야 부모가 행복한 것은 자연의 섭리와 같은 것이기에, 아마 가족의 행복과 나의 행복이 분리되지는 않을 거라고 생각되는구나.

끝으로 고민 끝에 나온 너희의 선택을 믿고 실천하렴. 그것이 어떤 결과를 가져올지라도 말이야. 다른 사람이 뭐라고 할지라도 엄마와 아빠는 믿는단다. 지금 네가 한 결정이 최선의 결정이었음을….

마음을 다해 기도한다.

천하에는 두 가지 기준이 있는데, 옳고 그름의 기준이 하나요, 다른 하나는 이롭고 해로움에 대한 기준이다. 이 두 가지 큰 기준에서 네 단계의 등급이 나온다. 옳음을 고수하고 이익을 얻는 것이 가장 높은 단계이고, 둘째는 옳음을 고수하고도 해를 입는 경우이다. 세 번째는 그름을 추종하고도 이익을 얻음이요, 마지막 가장 낮은 단계는 그름을 추종하고도 해를 보는 경우이다.   – 다산 정약용

서른여덟 번째
편지

여러 가지 고민으로 괴로울 때
너무 엉킨 실타래는 과감히 끊으렴

　너무나 몸이 아파 일도, 책도 손에 잡을 수가 없었어. 문득 이러다가 다시 사회에 복귀하지 못할 만큼 망가져 버리는 건 아닐까 더럭 겁이 나는구나. 어디서 다시 시작해야 할지, 어떻게든 해결되지 않은 일을 풀어야 하는데(최근 쓰기 시작한 글이 중간에 막혀서 진척 없이 3일이 지났단다)…. 이런저런 생각에 제대로 자지도, 먹지도 못해 오히려 건강만 더 악화된 듯싶어 쓰던 글을 덮기로 했다. 시간이 지나 뒤적이다 보면 오히려 더 나은 글이 나올 수도 있다는 희망을 품고…. 간혹 그런 경험이 있었거든. 아무리 해도 되지 않던 것이 커피 한 잔 마시고 다시 생각하면 뭐가 문제였느냐는 듯 아주 쉽게 해결되곤 했다.

　일이건 사람과의 인연이건 생각보다 너무 뒤엉켜서 전혀 해결 방법이

168

생각나지 않을 때가 있을 거야. 그럴 때는 과감히 끊으렴. 어릴 적 엄마와 실타래로 게임을 하다 너무 엉키면 그것을 푸는 데 시간을 쏟기보다 빨리 새로운 게임을 하는 것이 더 즐겁고 경제적인 것처럼 말이야. 너무 오래 생각하다 보면 결국 제자리로 돌아오거나 오히려 그만 못한 결과를 가져오는 만큼 과감히 끊어내고 새로 시작하기를 바란다. 모든 과정을 잊고 처음부터 다시 시작해 보렴. 지금의 엄마처럼 오히려 더 쉽게 해결 방법을 찾게 될지도 모른단다.

고통과 아픔을, 때로는 끝없이 어두울 것만 같은 터널을 지나는 답답함도 즐길 줄 알아야 하지만 때로는 북극점, 남극점을 밟기 위해 최후의 경우 자신의 식량이 든 배낭의 끈까지도 끊어버리고 가벼워진 몸으로 떠나는 탐험가가 되어야 한다.

고독하게, 단순하게 그러나 목표를 위해서는 온 힘을 다하는 자세로 생각하고 살아갔으면 한다. 버리는 것이 얻을 수 있는 가장 기본적이고, 효율적인 방법이라는 것을 명심하렴!

우리가 할 수 있는 최선을 다할 때 우리의 삶에 아니, 타인의 삶에 어떤 기적이 일어나는지 아무도 모른다.
         - 헬렌 켈러

누군가와 헤어져 슬플 때
이별 후유증은 감기와 같더구나

　열이 나고, 입맛이 없고, 머리부터 발끝까지 온몸이 아프고, 자는지 깨어 있는지 정신을 차릴 수 없이 괴로운 감기. 근무력증에는 가장 좋지 않은 거라 조심조심하지만 계절이 바뀐다고, 조금 피곤하다고 어느새 엄마 몸에 들어와 몇 날 며칠을 힘들게 하는구나.

　몸을 괴롭히는 감기 외에도 마음을 괴롭히는 감기가 있는데, 참 여러 가지 이유에서 발병한다. 하고 싶은 일이 뜻대로 되지 않았을 때, 사랑하는 사람과 다투거나 헤어졌을 때….

　오늘 엄마가 이야기하고 싶은 것은 바로 사랑하는 사람과 헤어졌을 때에 관해서야. 어쩌면 엄마보다는 아빠가 더 큰 도움이 되는 순간일지도 모르겠지만 인생의 몇 안 되는 힘든 순간이기에 엄마로서 꼭 곁에서 잘 이겨내도록 도와주고 싶은 순간이란다. 물론 어떤 말로도 위로받기 어렵다는 건 잘 알지만 말이야.

선인들의 말처럼 사람의 마음이 바위와 같이 제자리에 그대로이면 좋을 텐데, 아쉽게도 열정적이었던 처음과는 달리 서로 익숙해지고 그 익숙해짐은 자칫 서로의 존재가 너무나 소중하다는 감사의 마음을 잊어버리게 한다. 그런 때일수록 왜 그렇게 운명적인 것만 같은, 드라마에서 본 것 같은 사람은 내 앞에 잘 안 나타나는지, 지금껏 함께해 온 사람과의 추억은 당연한 일상이 되고 어떤 핑계를 대서든 새로운 사람과의 설렘만이 진정한 사랑인 것처럼 돌아서 버리기 쉽다. 물론 그런 이유 말고도 집안의 반대나 성격 차이 등 사랑하는 사람들을 헤어지게 하는 여러 가지 원인이 있겠지. 그리고 그때마다 더 사랑해주지 못하고 사랑을 받기만 하는 것은 아닌지 미안하고 괴로워하는 경우가 많지만 헤어지는 이유의 대부분은 처음과 같지 않아서란다. 특히 너희가 좋아하는 사람이라면 절대 반대하지 않고 받아들이기로 마음먹은 만큼 가장 우려되는 헤어짐의 이유이기도 하고….

사람이 하는 가장 큰 착각 중의 하나는 하늘이 변한다고 생각하는 거란다. 날씨가 좋고 나쁨은 그날 하늘의 색깔을 보면 알 수 있잖니? 사실 하늘은 조금도 변하지 않고 우리 시야와 하늘 사이를 흐르는 구름의 색깔이 바뀌어 변하는 것인데 말이야. 사람도 그렇단다. 너희도 조금 더 자라보면 알겠지만 사람은 잘 변하지 않는다.

살다가 힘든 일을 많이 겪다 보면 조금 더 강해지고, 너무 편안히만 살다 보면 약해지거나 느슨해질 수 있어도 사람의 기본 성향(특히 성인의 경우)은 변하지 않지. 그저 그날의 기분이나 몸 상태에 따라 먹구름에 가릴 수도, 밝은 태양에 빛이 날 수도 있는 거란다. 흐린 먹구름이 싫다고 구름을 피해 도망 다닌 사람을 본 적 있니? 싫건 좋건 그 자리에서 밝은 날이 오기를 기다리는 것처럼 조금 어려운 일이 있어도 다시 내가 반했었던, 나를 이끌리게 했던 그날을 생각하며 기다리는 것이 진정한 사랑을 하는 사람의 자세라고 생각한다.

하지만 사랑은 소유가 아니라 서로의 모자란 부분을 채워주는 과정인 만큼 서로의 노력에도 어쩔 수 없이 헤어짐을 받아들여야 하는 상황이 올 수 있겠지. 그렇더라도 한 달 이상 아파하거나 울지 않았으면 한다. 그냥 감기는 그리 오래가지 않는단다. 사랑을 잃으면 술도 마시게 되고, 잊지 않기 위해 일에 몰두하는 데도 힘들고 지치겠지. 하지만 너무 길게 아파하면 추억조차 기억하기 싫어지니까 너무 길게 힘들어하지 말고, 마음을 다했음에 고개를 끄덕이고 돌아설 수 있는 여유가 너희에게 주어졌으면 한다.

약을 먹으면 7일, 약을 먹지 않아도 일주일이면 낫는다는, 결국 아무런 약이 없는 병이 감기인 것처럼 그렇게 자연스레 시간이 흐르면서 나아질 거라고 믿어보자.

작은 어깨였지만 엄마에게는 가장 큰 힘이 되었던 재원이.

우리는 만날 때에 떠날 것을 염려하는 것과 같이 떠날 때에 다시 만날 것을 믿습니다.

님은 갔지마는 나는 님을 보내지 아니하였습니다. 제 곡조를 못이기는 사랑의 노래는

님의 침묵을 휩싸고 돕니다.   – 한용운의 〈님의 침묵〉 중에서

유능한 리더가 되는 좋은 방법
칭찬을 아끼지 않는 사람이 되렴

오랜 병원 생활 덕분에 수많은 의사를 접하게 되었다. 대부분은 실력 있는 의사와 그렇지 않은 의사로 분류하지만 엄마에게는 친절한 의사와 그렇지 못한 의사로 나뉘어 보이더구나. 병이라는 게 마음의 상처에서 시작하거나 마음이 건강한 사람이었을지라도 종국에는 마음을 약하게 만드는 것이기에, 친절한 사람을 만나느냐 그렇지 않느냐는 치료 결과를 다르게 만들 수 있는 요건이라고 생각한다.

아기를 키울 때도 잘한다고 칭찬해주면 그 행동의 강화가 이루어져 훨씬 더 잘하게 된단다. 자식을 키우는 데도 좀 더 큰 목소리로 웃으며 놀라워하고 칭찬해줄수록 행동 발달이 빨리 이루어진다는 것은 이미 아동 심리학에서 입증된 바 있지. 또, 나을 수 있다고 환자 스스로 믿게 되면 소화제만 주어도(환자는 그 약을 진통제나 치료제로 인식하고 복용하게 된단다.) 통증이 완화되었다고 믿는 플라시보 효과가 존재하는 것만 봐도 칭찬을 자주 받으면 무의식중에 강한 믿음이 되어 긍정적인 결과를 가져온다는 것은 재론할 여지가 없다고 생각한다. 아마도 칭찬은 마음과 진심이 담긴 행동이기 때문일 거야.

무슨 일을 하든, 어떤 위치에 있든 주위 사람을 그리고 스스로를 칭찬하고 격려하렴. 그러면 어느새 자신도 행복하고, 주변 사람들도 행복하게 해주는 사람이 되어 있을 거란다.

오늘 따라 유난히 피곤한 하루였지만 세상에서 엄마가 제일 예쁘다는 너희의 칭찬에 아픔도 잊게 되는구나. 엄마도 재원이와 승원이가 세상에서 제일 예쁘고 사랑스럽단다!

원한을 은혜로 갚아 그 사람을 부끄럽게 만들 수 있는 가장 좋은 방법은 친절을 보이는 것이다.　　　　　　　　　　 ─《나폴레온 힐의 성공을 위한 365일 명상》 중에서

토막글, 여덟

● 일흔한 번째 이야기

살다 보면 하고 싶은 말, 하고 싶은 일이 정말 많습니다. 하지만 다하지 못함이 때로는 아름답게 기억될 수도 있습니다. 못내 하지 못한 그 말로 인해 평생을 잊지 못하게 될 수도 있으니까요.

● 일흔두 번째 이야기

왜 좋아하느냐고, 어디가 좋으냐고 묻지 마세요. 사람을 좋아하는 데는 이유가 없으니까요. 그냥, 이유 없이, 까닭 없이 그 사람이 그립고, 보고 싶은 거죠.

● 일흔세 번째 이야기

제가 아파서 다행입니다. 병원 응급실에서, 엘리베이터에서 마주치는 어린 환자들을 보면 한없이 안쓰럽고 가슴 미어지게 아파집니다. 차라리 아프면 아프다 말할 수 있고, 그래도 서른둘까지는 아픈 곳 없이 세상 살아본 제가 아픈 것이 감사합니다.

● 일흔네 번째 이야기

사랑에도 방법이 있습니다. 만약 실연을 당했다면, 내 진심이 전해지지 않았다면 거부당했다고 생각하기 전에 그 사람이 원하는 사랑의 방법이 무엇이었을지 생각해보세요. 사랑은 저마다 다른 모습으로 이뤄지니까요. 사랑은 내 방법이 아니라 상대의 방법에 철저히 맞춰져야 함을 기억하세요.

● 일흔다섯 번째 이야기

아이가 아프면 나 때문일 거라는 죄책감이 듭니다. 급성폐렴으로 입원해야 하는데 엄마가 입원해 있으니 잠시 두고 보자는 선생님의 말씀을 듣고 내 병실 침대에서 치료를 받고 있는 둘째 아이를 보니, 전염성 질환도 아닌데 괜스레 눈물이 납니다. 나를 닮아 폐 기능이 약한 것은 아닌가 싶어서….

● 일흔여섯 번째 이야기

그건 아니라고, 잘못 알고 있는 거라고 말하고 싶은 것, 설명하고 싶은 것이 많지만 그냥 참고 지나갑니다. 오히려 그것이 이유가 되어 더 말이 커지고 힘겨워질까봐 두렵기 때문이죠. 가슴 한쪽에 돌덩이를 얹은 듯 무겁고 힘겹지만 시간이 해명해주리라 믿고 인내합니다.

● 일흔일곱 번째 이야기

재원이의 반 친구 중 한 아이가 재원이를 자주 때린다고 해서 담임선생님께 전화를 드리니 워낙에 많은 아이와 사이가 좋지 않아 직접 연락을 해보라고 하시더군요. 한쪽 손만으로 손뼉을 칠 수는 없다는 생각에 전화를 걸었더니 한두 번 받은 전화가 아니라는 듯 어머니는 지친 목소리로 아이를 바꾸어주었습니다. 조심스레 물었죠. 재원이가 어떤 잘못을 했느냐고. 그 아이는 재원이가 이유 없이 싫다고, 그래도 다음부터 때리지는 않겠다고 하더군요.

이유 없이 사람이 싫다…. 그럴 수도 있겠다 싶고 왜 그리 사람들이 싫어졌을지, 그 아이의 마음에 남았을 상처가 더 걱정되었습니다. 이유 없이 사람들이 좋은 아이가 되었으면 하고 기도합니다.

● 일흔여덟 번째 이야기

누군가를 보내고 나면 떠난 그 순간보다 시간이 흐를수록 아픔이 더욱 커지게 됩니다. 그이를 위해 보냈던 순간순간이, 나를 위해 마음 썼던 순간순간이 덩그마니 삶 속에 놓이게 되어 홀로임이 더욱 절박해지니까요. 혼자서는 메울 수 없는 시간…. 함께여서 감사합니다.

● 일흔아홉 번째 이야기

못난 딸 뒷바라지 하시느라 당신 몸을 돌보지 않고 일하시는 부모님! 아이들을 위해 어떻게든 살아내려는 내 마음처럼 부족한 자식인 제가 살아 있는 동안은 당신들께서 돌보시겠다고 하십니다. 부족한 자식은 때로 부모의 업이 되고 살아야 할 이유가 되기도 합니다.

● 여든 번째 이야기

한참을 호흡곤란과 통증으로 힘겨워하다가 땀으로 젖은 얼굴을 닦아내고는 문득 거울에 비친 제 모습을 봅니다. 오랫동안 피했던 얼굴을…. 까닭 모를 눈물이 조용히 흐릅니다.

마흔한 번째   편지

많이 피곤하구나, 우리아들
휴식의 시간을 아깝게 여기지 말길

대학교를 졸업하고 십여 년이 넘는 사회생활을 하면서 아쉽게 생각하는 부분이 있다면, 휴식을 계획에 넣지 않았던 거란다. 이미 이야기한 것처럼 결혼 초부터 아빠가 편찮으셨고, 경제적인 안정이 무엇보다 중요한 과제였던 만큼 다른 사람들처럼 휴식을 취한다는 것은 꿈에서나 가능했단다. 승원이를 낳던 날 학교 발령을 받으면서 산후휴가를 사용하면 발령이 취소될 수 있다는 말을 들었지. 부랴부랴 일주일 만에 이런 저런 준비를 하기 위해 출근을 했고, 보험 컨설턴트로 직업을 바꾼 후에는 주중에는 보험 업무를, 주말에는 과외를 하느라 쉴 틈이 없었다.

마치 금세 무슨 일이라도 생기는 것처럼, 삶의 시간이 정해져 있기라도 한 것처럼 그렇게 앞만 보고 달려오느라 어느 정도 아픈 것은 그냥 넘겼지. 또, 조금 쉬었으면 싶을 때도 너희의 얼굴을 보면서 자신을 채찍질하며 일했단다. 하지만 한순간에 건강을 잃고 보니 정작 중요한 것은 돈 많은 엄마가 아니라 건강한 엄마로서 너희의 옆에 존재하는 것이었음을 깨닫게 되더구나.

운동회에서 손잡고 함께 뛰어주고, 아기 때처럼 잠들 때까지 등도 긁어주고, 한글을 익힐 때에는 좋은 책을 읽어주고, 영화도 함께 보는 엄마가 되어주는 것처럼 소중한 일은 없는데 말이야. 게다가 그나마 모아둔 돈도 짧은 순간에 병원비로 써버리게 되니 너무나 허탈한 기분이 들더구나. 식구들이, 친구들이 쉬라고 할 때 한 번만 더 생각했더라면 이렇게까지 나빠지지는 않았을 텐데 싶었고…. 다른 사람들은 한참 일 할 시기에 도리어 이렇게 손을 놓을 수밖에 없다니 돌이켜보면 아쉽고 허망하단다.

바라건대 너희는 엄마처럼 되지 않았으면 한다. 완벽하게 사는 것도 좋지만 건강이 없는 완벽은 있을 수 없고, 마라톤이나 다름없는 인생에서 단거리를 달리는 사람처럼 초반에 모든 기력을 소진하면 더는 달릴 수가 없게 된단다. 믿어 줄지 모르겠지만 공부를 잘하는 것보다, 경제적으로 성공하는 것보다, 건강하게 지금처럼 밝은 미소를 지으며 엄마 곁에 있어주는 것이 더 고맙고 행복하다.

일을 하는 데 있어 일주일에 하루는 쉬어가고, 여름과 겨우내 며칠간은 휴가를 즐기도록 하렴. 일할 때 온 힘을 다하되 휴식을 꼭 계획하고 쉬는 동안만은 무슨 일이 있어도 자신을 일로부터, 고민거리로부터 확실히 해방시켜 주렴.

4인 가족 중 한 명은 암이나 중대한 질병으로 고통을 겪는다는 통계를 본 적이 있다. 엄마가 아픔을 겪어낼 수 있는 또 하나의 위안은 그나마 그 한 명이 엄마여서 지금 이렇게 아픈 거라면, 다른 식구들은 건강할 수 있다면 기꺼이 감내하겠다는 마음이란다. 너희는 부디 아프지 말고 다치지 말고 네 몸의 신호를 겸허하게 받아들이며 건강관리에도 성공하는 사람이 되었으면 한다.

건강관리를 위해 너희가 꼭 지켜줬으면 하는 몇 가지 규칙을 적어볼게.

첫 번째, 아침에 눈을 뜨면 물 한 잔을 마시렴. 아침에 마시는 물은 배변 활동을 원활하게 해주고 혈액을 건강하게 해준다.

두 번째, 잡곡밥을 즐기렴. 너희는 반찬을 가리지 않고 먹어서 참 예쁘지만 너무 흰 쌀밥을 좋아해서 걱정이란다. 현미, 보리, 흑미, 수수 등의 잡곡을 섞어 먹어야 한다.

세 번째, 도라지, 대추, 배, 생강, 당귀를 넣은 차를 물처럼 마시렴. 먹기 어려우면 약간 꿀을 타서라도 마셔보렴.

네 번째, 일주일에 3일 이상은 운동을 즐기렴. 특히 재원이는 농구 외의 다른 운동을 싫어해서 걱정이란다. 집에서 하는 스트레칭이라도 꼭 잊지 말고 했으면 한다.

다섯 번째, 될 수 있으면 일찍 잠들고 일찍 일어나는 생활을 하렴. 낮과 밤이 바뀌면 우리의 몸이 적응을 못해 체력과 업무의 효율이 현저히 떨어진다.

여섯 번째, 휴식을 미루지 않도록 하렴. 조금이라도 몸이 피곤하면 그

즉시 쉬어야 해. 조금만 더 조금만 더 하며 미루었다가 큰 병을 만들 수 있음을 명심하렴.

일곱 번째, 긍정적으로 생각하자. 일곱 가지 건강 수칙 중 가장 잘 지켜줄 거라고 믿는 조항이란다. 성품은 크게 바뀌지 않는다고 볼 때 너희는 지금도 충분히 긍정적이고 낙천적이지만 어떤 힘겨운 상황이 와도 이것을 기억해야 한다.

여덟 번째, '너무 오래 고민하지 마라. 고민한다고 당신의 삶이 하루라도 늘어나지는 않는다.' 는 말이 있지. 신중히 하되 실천해야 할 때를 놓치지 않도록 하렴. 그 고민조차도 더 나은 삶을 위한 것이지, 소중한 시간을 불행 속으로 밀어 넣기 위한 것은 아닐 테니까.

아홉 번째, 술은 적당히 하되, 담배는 절대 피지 말자. 특히 흡연은 너와 가족들 모두의 건강을 해치는 거란다. 한 번 손을 대면 끊기도 어렵고, 항상 맑고 빠른 판단을 하는 두뇌를 원한다면 흡연은 절대 하지 말아야 한다.

열 번째, 식사 시간을 사수하자. 어떤 바쁜 일도 식사를 거를만한 것은 없다. 한 끼 두 끼를 거르다 보면 몸은 조용히 망가지게 될 테니 꼭 거르지 말고 가볍게라도 식사를 해서 새로운 에너지를 만들어가길 바란다.

우리의 몸과 마음은 별개가 아닌 하나라 했다. 몸이 곧 마음이고 마음이 곧 몸이다. 그러므로 몸의 병이 마음의 병이 될 수 있고, 마음의 병이 또한 몸의 병이 될 수 있다.

― 탁닛한 스님의 《화(anger)》 중에서

마흔두 번째   편지

엄마가 보고 싶을 때

   내 귀한 보물들, 하느님께서 주신 선물인 아가들아! 자녀가 맛있게 먹는 것을 보면 어머니는 행복을 느끼고, 자기 자식이 좋아하는 모습은 어머니의 기쁨이라고 한 철학자 플라톤의 말처럼 엄마에게 더없는 행복과 기쁨을 주었던 사랑아! 엄마는 엄마 자신의 행복과 기쁨을 위해서도, 부족하지만 너희를 위해서도 온 정성을 다했단다. 하지만 아빠도 엄마도 건강하지 못하다는, 너무나 바쁘다는 핑계로 할아버지와 할머니께 효도하는 좋은 아들, 좋은 딸은 못 되었던 듯싶구나.

   늘 엄마가 너희에게 이야기하듯 내리사랑이라는 말처럼 먹을 것을 사도 너희가 좋아하는 음식을 준비하게 되고, 여행을 가도 너희가 가고 싶다는 곳을 가게 되더구나. 때로는 서점에 갈 때 유난히 책을 많이 읽으시는 할아버지께 책을 선물하고 싶다가도 얇아진 지갑을 보고는 너희가 고

183

른 책만 계산하고 돌아서 나올 때도 잦았고….

하지만 엄마도 할아버지와 할머니가 문득문득 그립고, 할머니께서 해 주신 음식이 먹고 싶어질 때가 있다. 이렇게 매일매일 너희에게 글을 쓰는 건 너희가 살아가면서 이 엄마의 가슴이, 음성이 그리울 때를 대비해서인 것처럼, 엄마도 힘들고 지칠 때, 다른 딸들이 부모님과 길을 지나는 모습을 볼 때, 할아버지와 할머니께서 좋아하시는 음식을 볼 때 매번 두 분 생각을 하게 되거든.

어린 아이라 하기에는 엄마가 좋아하는 것을 정말 많이 알고 있는 우리 재원이와 승원이도 그럴 거야. 낚시하는 모습을 보면 아빠가 생각나고, 며칠 전 재원이가 하굣길에 엄마에게 사다 준 옥수수를 보거나 고구마, 참치 샌드위치, 커피를 보면 우리 엄마가 좋아하던 음식이구나 싶어 회상에 젖게 되고 그렇게 살다가 문득 지독히도 엄마가 그리워 눈물 나는 날이 있을 거란다. 너무 피곤해 돌아온 날이나 밤새워 일한 다음 날 아침 엄마가 끓여준 찌개와 엄마 손맛 가득한 밥상이 간절해져서….

부탁하건대 그런 날이 오면 울지 말고 엄마가 웃고 찍은 사진들, 너희와 함께한 행복한 모습의 사진들을 한 번씩만 봐 주었으면 해. 사진 속 엄마를 보며 두근거리는 가슴에 손을 얹어보면 느껴질 거야. 엄마의 사랑과 숨결을…. 아기 때 뱃속에서 그리고 엄마의 배 위에서 잠들 때 그랬던 것처럼 엄마는 항상 너희의 가슴 속에, 삶 속에 함께하고 있을 테니 매일 당당하게 그리고 씩씩하게 보내길 바랄게. 어떤 순간에도 너희는 혼자가 아님을 주님과 아빠, 엄마가 함께함을 잊지 말아 주렴. 지난 시간 꼭 잡아왔던 너희의 손이, 그리고 엄마의 잔소리를 들어왔던 귀가, 콩콩거리는 가슴이 엄마를 기억하고 있는 한 항상 함께할 테니까.

항상 잠잘 때마다 엄마가 기도해주고 뽀뽀해주던 것 기억하지? 만질 수 없을 뿐 엄마는 항상 너희의 가슴에 살아 숨 쉬고 있음을, 곁에서 지켜 주고 있음을 잊지 말아주렴. 사랑한다. 내 아가들아!

더 안아주지 못해 미안하다. 그리고 사랑한다!

엄마, 아빠! 부르는 것만으로도 서글프고 죄송해지는 이름.

제일 안전한 피난처는 어머니의 품속이다.　　　　　　　　　　－ 프롤리앙

마흔세 번째 편지

외롭고 그리운 날에는
추억에 기대기보다
추억을 만들어보렴

   우리는 모두 바쁜 삶을 살기 때문에 시끄럽고 사람이 많은 곳이 아닌 한적한 곳에서 쉬고 싶을 때가 생긴다. 하지만 정작 아는 사람 없는 조용한 시골 마을에 가서 시간을 보내다 보면 내 몸처럼 익숙해서 말없이도 내 모든 것을 이해하고 나를 도와주던 가족, 친구가 그리워지지. 그래서 많은 사람이 무인도에 갇히게 된다면 가장 갖고 가고 싶은 것으로 사랑하는 사람을 이야기하는 것일 테고….

   수많은 포유류 중 태어나는 순간, 가장 미숙한 동물이 인간이라는 것을 알고 있니? 코끼리도, 호랑이도, 소도, 강아지도 다소간 차이는 있지만 태어나자마자 자기 발로 서고 어미의 젖을 찾아 물어야 생존할 수 있단다. 하지만 만물의 영장인 인간은 엄마가 또는 아빠가 보듬어주고 젖을 물려주어야만 살아남을 수 있고, 1여년의 시간이 지나야만 독립적으로 설 수 있을 만큼 한참의 돌봄이 필요하지. 아마도 사람이 결코 혼자서는 살 수 없다는 것을 단적으로 보여주는 부분이라 생각한다. 아이가 청소년이 되고 어른이 되었다고 해도 이미 사람은 태어날 때부터 시작된 부모의 칭찬과 훈육, 사랑에 익숙해져 있어서 자신을 응원하고 인정하는 사람이 없다면 자기 역할을 이행해낼 수 없단다. 그러기에 우리는 사람에게 수없이 상처받으면서도 무수히 많은 사람으로 이루어진 조직과 사회를 벗어나지 못하고 살아가게 되지.

많이 아프거나, 실망스러운 일이 생긴 날, 문득 사람이 그립거든 주저하지 말고 가족을, 친구를 찾으렴. 설혹 아픈 기억에 망설여져도 용기를 내어 먼저 손을 내밀어 주렴.

재원아! 승원아! 풀꽃은 흙으로 덮인 숲이나 들판에 있을 때 가장 아름답듯이 사람은 사람 속에 있을 때 가장 귀하고 행복한 것임을 잊지 말고 너희를 아름답게 빛나도록 아껴주는 많은 사람에게 감사하고 사랑을 나누어 주어라. 혹시 함께 있어도 그리운 날엔 아무 말 없이 같이 나가 하늘도 보고 자연의 경이로움에 감탄하는 시간을 가져 보렴. 서로 말 못하고 쌓여왔던 힘든 기억들을 날려 보내고 더 진지하고 깊이 있는 관계를 유지할 수 있도록 자연이 도와줄 테니까 말이야.

힘들고 그리운 날에는 지난 시간, 과거의 추억 속에 갇혀 있기보다 함께하고 있는 사람들과 행복한 시간, 새로운 추억을 만들기 위한 여행을 떠나보렴. 결코 외롭지 않음을 깨닫게 될 거야.

그립다는 것은 아직도 네가 내 안에 남아 있다는 뜻이다. 그립다는 것은 지금은 너를 볼 수 없다는 뜻이다…. 그립다는 것은 그래서 가슴을 후벼 파는 일이다. 가슴을 도려내는 일이다.
　　　　　　　　　　　　　　　　　　　　　　　　　- 이정하의 《혼자 사랑한다는 것은》 중에서

술을 많이 마신 날

음…. 재원아! 승원아! 어른들이 나쁜 줄 알면서 버리지 못하는 습관이 있는데 바로 술과 담배란다. 우리가 음식을 만들 때나, 불필요한 것을 잘라낼 때 사용하는 칼도 나쁜 사람에게 쓰이면 흉기가 되듯, 술도 마찬가지라 생각한다(사실 담배는…. 엄마로서는 피우지 말았으면 싶구나.).

술은 사람들과 어울리기 위해서 조금 마시는 것은 좋지만 잘 마시는 것을 자랑인 것처럼 여겨서 자주 마시거나 많이 마시는 일은 없어야 한다. 그러면 자기 자신을 잃어버리는 결정적인 이유가 될 테니까.

엄마가 이 글을 쓰면서 '과연 아이들은 자라면서 어느 순간에 엄마가 필요할까? 어느 순간에 엄마의 조언이, 엄마의 가슴이 그리울까?' 궁금하여 엄마 친구들에게 물어봤더니 술을 많이 마신 날도 엄마가 사무치게 그립다는 말을 하더구나. 처음엔 웃어 넘겼는데 가만히 생각해보니 이유가 있는 말이라고 생각되더구나.

술은 회사에서 회식을 하거나 오랜만에 친구를 만나거나 아주 많이 기쁘거나 아주 많이 슬픈 날에 많이 마시게 된다. 그런 날 평소에 바쁘다는 이유로 깊이 생각하지 못해왔던 많은 사람이 그리워질 테고 언제나 너희를 이해하고 받아주려고 노력하는 이 엄마의 품이 생각날 수 있을 것 같거든.

아직은 너무 어려서 술, 담배는 몰라야 하는 것이 당연하지만 세상을 알고 친구를 알고 기쁨과 아픔이 온전히 너희의 것이어야 할 때가 오면 그 기쁨을, 아픔을 나누느라 술을 찾게 될 거야. 특히, 서른이 넘어 마흔이 되면 무거워진 어깨에 비해 이야기를 들어줄 사람을 찾기는 어려울 테니 더더욱 술과 엄마가 생각나게 될 것 같다. 욕심 같아서는 그때까지 엄마가 곁에 있어서 속이 아프지 않게 해장국도 끓여주고, 기쁘면 함께 웃고 슬프면 안아주고 싶은데…. 수학여행이나 수련회를 다녀온 다음 날엔 며칠 동안 집을 떠나 먹지 못했던 좋아하는 음식을 엄마가 늘 아침상 가득 차려놓고 기다렸듯이 말이야.

혹여 엄마가 없다면 술은 어떤 이유로든지 마시기 전에 속을 든든히 하고, 자신을 너무 믿어 마실 수 있는 양을 넘어서는 안 되고, 마시는 너희나 함께 마시는 사람 모두 기분 좋게 끝낼 수 있어야 한다. 또 술을 마신 후에는 물을 많이 마시고, 설탕물이나 꿀물, 이온음료를 마셔서 해독을 돕고 탈수를 예방해야 해. 술을 마신 다음 날에 속이 좋지 않거든 맵고 짠 음식이 먹고 싶더라도 맑은 국물의 뭇국이나 북엇국, 콩나물국을 먹어 소화기관의 부담을 덜어 주도록 해야 한다.

　못내 엄마가 그립거든 엄마가 지금 쓰고 있는 이 글을 읽어주렴. 엄마는 너희가 기쁠 때나 슬플 때나 항상 이렇게 이야기해줄 거야. 그릇이 큰 사람은 삶에 늘 존재하는 기쁘고 슬픈 일 하나하나에 너무 들떠 하지도, 너무 슬퍼하지도 않는단다. 동전의 앞뒤처럼 그리고 자연의 이치처럼 밤이 있으면 아침이 오고 겨울이 있으면 여름이 오듯, 기쁘고 슬픈 일은 수없이 반복될 테니까 말이야. 그저 그 순간이 기쁘면 사랑하는 사람들과 함께 웃어주고 슬프면 혼자 버겁게 안고 가지 말고 너희를 믿어주는 누군가에게 진지하게 의논하고 이야기해서 짐을 덜어내렴. 엄마가 언제, 어디서나 너희의 곁에서, 아니 너희의 가슴속에서 함께 기뻐해 주고, 함께 위로해줄 테니 혼자라는 생각은 절대 하지 말고….

　오늘 즐거운 일이 있었다면 너희의 주변에 있는 사람들이 함께 만들어 온 노력의 결실일 테고, 슬픈 일이 있었다면 그저 삶이라는 선상에 있어야 할 일이 오늘 일어난 것뿐일 테니 너무 마음 쓰지 말았으면 한다.

　사랑하고 또 사랑한다. 내 아들아!

사람이 술을 마시고 술이 술을 마시고 술이 사람을 마신다.　　　　　　－ 법화경모
술을 마시지 않는 인간으로부터는 사려분별을 기대하지 마라.　　　　　　　－ 키케로

두 가지 명언에서처럼 술은 네가 어떻게 대하느냐에 따라 전혀 다른 결과를 가져다 줄 테니 현명하게, 지혜롭게 이용하기를 기대한다.

사람에 대한 신뢰가 깨질 때
불안해하고 의심하며 사는 것보다
때로 상처를 받더라도 신뢰하며 살아가길

　나의 아이들! 소중한 사랑아! 오늘도 잠을 이룰 수가 없구나. 불과 몇 시간 전 우리는 아무리 사실이라고, 진심이라고 말해도 믿지 않기로 마음먹은 사람처럼 너희와 엄마가 하는 이야기가 사실이 아니라며 화를 내고 우리에게 상처를 준 한 사람을 만났다. 너희도 살다 보면 너희가 가진 것을 친구에게 나눌 수 있어야 하는 순간이 올 테고, 그 때문에 지금의 엄마처럼 아픔을 겪어야 하는 때가 올 수도 있을 거야. 엄마가 아는 너희는 친구를 소중히 하는 아이들이란다. 얼마 전 재원이가 용돈으로 받은 만원을 친구에게 빌려주고 받지 못하고도, 엄마가 "정말 받을 수 있을까?" 물었을 때 못 주는 건 이유가 있어서 일거라고 친구를 믿으니 기다리자고 설득했었잖니? 그처럼 너희는 커서도 가진 것이 있다면 아낌없이 친구에게 주고 그로 인해 아파야 한다면 차라리 너희가 아프고 마는 길을 선택할 거라는 사실을 이 엄마는 잘 알고 있다. 그것이 때로는 고맙고 때로는 아프게 하는구나.

엄마도 십 년 전 엄마의 친구를 믿었고 안타깝게도 믿었던 결과로 찾아온 치욕과 번다함은 엄마의 몫이 되었고, 그 탓에 우리는 많은 것을 잃고 힘든 시간을 보내고 있으니 말이야.

하지만 오늘도 생각해본다. 모든 것은 우리의 선택이었으니 누구를 원망할 일도 아니라고…. 그리고 사람을 믿지 못하고 모든 사람을 의심하며 살아야 하는 것보다는 차라리 믿고 실망하는 편이 잊기 쉽다는 생각을 한다.

신뢰는 저절로 샘솟아 채워지고 젖어드는 지하수와 같은 거란다. 한순간에 생기지도, 한 순간에 메마르지도 않아. 하지만 어떤 말을 해도 너희를 믿지 않기로 결정한 사람이 있다면 굳이 설득하려 애쓰지 않았으면 한다. 어차피 세상 모두가 너희에게 호의적이고 박수를 쳐줄 수는 없고, 그 많은 사람을 이해시킬 수도 없는 일일 테니까.

그저 그런 사람도 있구나 하면서, 그조차 내 욕심이었으려니 하면서 시간에 맡기렴. 너희의 맘이 진실이었다면, 세상이 보여준 너희에 대한 믿음이 또한 진실이었다면 곧 안정을, 그리고 웃음을 되찾게 될 거야.

만일, 세상 모든 사람이 너희에게 등을 돌리는 일이 생긴다고 해도 엄마만은, 엄마의 가슴만은 너희를 믿고 기다리고 있으니 지금처럼 사람들을 믿고 자신 있게 사랑을 나누며 살았으면 한다. 겁내지 말고….

믿어라. 그러면 그 믿음이 맞을 것이다. 성공할 테니까. 의심하라. 그러면 그 의심이
맞을 것이다. 실패할 테니까. 유일한 차이는 믿는 것이 훨씬 더 유리하다는 것이다.

― 윌리엄 제임스

웃자! 세상에 그 소리가 다 들리도록!

토 막 글, 아홉

● 여든한 번째 이야기

삶의 바닥에 떨어졌다고 슬퍼하고 있나요? 더는 울지도, 가슴 아파하지도 마세요. 이제는 그 땅을 두 손으로 짚고 일어설 일만 남았으니까요.

● 여든두 번째 이야기

두 아이의 실내화 주머니가 낡아 구멍이 난 것을 하루 이틀 미루다 꿰매어 주었습니다. 그렇게 싫었던 바느질이 아이를 위해서라니 즐겁네요. 경제적인 어려움이 없었던 이전이라면 사주고 말았겠죠? 때로는 어려움이 아름다운 추억을 만들기도 합니다.

● 여든세 번째 이야기

세상에 나를 믿어줄 단 한 사람만 있어도 웃어질 것 같습니다. 그것만으로도 살아야 할 이유가 될 것 같습니다.

● 여든네 번째 이야기

햇살이 멋져서 휠체어를 타고 산책을 나가 봅니다. 휠체어를 타면 낮은 곳, 이름 없이 핀 풀꽃까지 볼 수 있어서 더욱 아름답거든요. 누군가 알아봐 주기를 바라는 듯 예쁘게 핀 꽃! 세상이라는 무대 뒤의 낮은 곳에서 누군가의 격려와 인정을 기다리는 수많은 이에게 그 꽃에게 보냈던 격려와 사랑을 실어 보냅니다.

● 여든다섯 번째 이야기

손가락 골절에 감기까지 걸린 큰 아이, 형과 엄마를 돌본다고 애쓰던 작은 아이가 동시에 제 팔을 끌어안고 잠들었습니다. 늘 이렇게 아이들 곁에서 온기를 나눌 수 있다면 다른 소원은 없을 것 같습니다. 소중한 이의 곁에 있어주는 밤이기를….

● 여든여섯 번째 이야기

간절히 기도합니다. 조금만 더 시간을 주세요. 아직은 해야 할 일이 너무나 많습니다. 목련이 피고 지는 아름다운 봄날을 조금만 더 볼 수 있게 도와주세요.

● 여든일곱 번째 이야기

사랑은 왜 이리 아픈 걸까요? 더는 줄 것이 없어서 때로는 그럼에도 넘치는 사랑을 받아서 가슴 한편에 켜켜이 미안함이 쌓입니다. 아파야 한데도 외로움에 시린 가슴보다, 사랑하므로 저린 가슴을 택하렵니다.

● 여든여덟 번째 이야기

오늘은 내가 나를 칭찬합니다. "혜정아! 애썼다. 그래도 웃는 네가, 그렇게 이겨주는 네가 안쓰럽지만 고맙고 또 고맙다."

● 여든아홉 번째 이야기

슬픔 끝에 절로 허탈한 마음이 따르고 울다가도 웃게 됩니다. 사람이 살아간다는 것이 그런 거라 위로하며 웃어봅니다.

● 아흔 번째 이야기

스승은 부모의 마음이어야 합니다. 부모는 경쟁보다 사랑을 가르치고 그 어떤 것
도 아이의 인생보다 중요한 것은 없다고 여깁니다. 냉철한 이성을 바탕으로 하는
교육 현장에서도 따스한 인성이 기본 돼야 함을 잊어서는 안 됩니다.

마흔여섯 번째 편지

이사를 하려고 할 때

우리 아가들, 아니 이 글이 필요할 때 쯤이면 멋진 청년이 되어있거나 책임감 있는 가장이 되어 누군가의 남편으로, 누군가의 아버지로 어느 곳이 가족의 행복을 위한 곳이 될지 고민스러워하고 있겠구나.

엄마는 어려서 이사를 많이 다녀야 했다. 어려서 너희의 할머니께서는 엄마를 교육하는 데 더 유리한 곳을 찾아 평창동에서 압구정동, 대치동, 도곡동으로 옮겨 다녔었지. 그러다 집안 사정이 어려워진 후로는 집을 잃어 분당으로 이사해야 했다. 그래서일까? 한곳에 오래 살던 사람들은 유치원, 초등학교부터 대학교를 졸업할 때까지 함께하는 친구들이 많은데 엄마에게는 평생을 함께한 친구의 기억은 없다는 것이 안타깝구나. 물론 너희도 알다시피 엄마의 고등학교나 대학교 동창들은 많은 부분을 도와주고 함께해 주고 있지만, 그래도 어려서 친구와의 재미있는 추억이 없다는 것은 두고두고 가슴에 남더구나. 또, 이사할 때마다 새로운 친구에게 적응해야 한다는 것은 어린 나이의 엄마에게 힘겨운 일이었고 말이야.

그래서 결혼을 하면서 너희를 낳은 후에는 가능하다면 이사하지 않고 한곳에서 유치원, 초등학교, 중학교, 고등학교를 보내고 싶었단다. 하지만 결국에는 형편이 어려워져 여덟 번이 넘는 이사를 해야만 했다. 재원이와 승원이에게도 마음을 나눌 친구들이 생길 만하면 이사를 하고 또 적응될만하면 이사를 해서 학교를 여러 번 옮겨야 했기에 속상한 일이 많았을 거야. 그런데도 엄마의 병을 치료해야 하니까 집이 좁아져도, 친구와 헤어져도 너희 가슴의 상처를 드러내기보다 엄마의 상처를 보듬어 주는 든든한 아이였음이 지금도 한편으로 감사하면서도 너무나 미안한 일이란다.

물론 경제적인 상황이 좋아져서 더 편리하고 넓은 곳으로 이사를 하는 것은 축하할 만한 일이지만, 될 수 있으면 미래를 보고 신중히 결정해서 이사를 자주 하는 일 없이 사는 게 삶을 안정시키는 데 도움이 될 거라고 생각한다. 특히 결혼을 앞두었다면 직장과 가까운 것도 좋지만 조금 멀더라도 땅을 밟을 수 있고 맑은 공기를 마실 수 있는 곳을 구했으면 해. 아파트에서는 아이들이 어린 나이일 경우 1층에 거주하려고 하는데, 1층은 습하기도 하고 사람들이 드나드는 입구여서 소란스럽기도 하니 피했으면 하지만, 나무나 정원을 사용할 수 있는 곳이라면 이점이 될 수도 있을 거야. 어디로 이사를 하든 밝은 햇빛이 들어오는 곳이어야 사람의 기분을 좋게 해주기도 하고 불필요하게 전기를 사용하는 낭비도 막을 수 있을 테니 남향인지, 햇살 좋은 곳인지, 창은 넓고 시원한지를 잘 살펴보렴. 그리고 수도도 틀어보고 변기의 물도 내려 봐서 수압은 약하지 않은지도 확인해 봐야 하고….

집은 일하는 시간을 제외한 삶이 이뤄지는 중요한 장소인 만큼 무엇보다 집에 들어섰을 때 기분이 좋아야겠지? 만약 집을 보면서 조금이라도 기분이 언짢거나 미심쩍은, 왠지 좋지 않은 느낌이 든다면 아무리 보이는 조건이 만족스럽더라도 피했으면 한다.

엄마가 결혼하던 초기에는 집이 투자의 대상이 되던 시기였지만 너희가 어른이 되었을 때는 이미 투자로서의 의미는 없을 거라고 생각되는구나. 다른 어떤 것보다 가족들이 행복할지, 불필요한 마찰이 일어나지는 않을지, 경제적이고 효율성 있게 지어졌는지에 초점을 맞추었으면 해. 공부를 많이 시키는 학교보다는 선생님들의 마음이 좋은, 특기적성 교육활동이 잘 이뤄지는 학교가 있는지도 살펴보아야 하고….

결혼하고 한 번도 우리 집을 갖지 못해 너희의 마음에 상처를 준 점이 지금도 미안하고 가슴이 아프구나. 너희는 부디 엄마보다 더 성실히 그리고 복 있는 삶을 살아서 '집'이란 게 정신적으로 힘겨운 짐이 아닌, 웃게 해 주는 장소로 기억되기를 매일 기도한다. 또 그렇게 믿는 대로 이뤄지리라 오늘도 꿈꿔본다.

다른 일들이 우릴 바꿀 수 있지만 처음과 끝은 항상 가족과 함께 한다.

– 앤서니 브랜트

누군가를 때려주고 싶을 만큼 미울 때
차라리 맞아 주는 편이
다리 펴고 살 수 있는 법이란다

살다 보면 사람들의 마음이 다 같지 않기 때문에 누군가가 너무나, 때로는 이유 없이 밉고 증오하게 되고 때려주고 싶은 마음이 들 때가 있다. 세상 모든 사람을 이해하고 사랑해주며 살자는 것을 가훈으로 삼는 엄마도 그런 순간이 많았음을 고백한다. 엄마뿐 아니라 아빠와 너희까지 힘들게 하는 사람들을 보면 주먹이 불끈 쥐어지고 하느님께 '저 사람이 저를 힘들게 한 만큼 고난을 경험하도록 벌을 주세요.' 하고 나쁜 기도를 할 때가 있으니까.

형인 재원이는 중학교 1학년이고, 승원이는 6학년이니 14살, 12살(우리 승원이는 학교에 일찍 들어갔으니까)이 될 때까지, 친구와 싸웠다고 엄마가 학교에 가거나 하는 일이 없었던 것은 늘 감사해 하는 일 중 하나란다. 남자 아이들은 아무래도 여자 아이들과는 달라서 말보다 주먹이 먼저 나가는 일이 빈번할 텐데 초등학교 때 여자 아이들이 때린다고 몇 번 맞고 와서 억울하다고 하소연 한 적은 있어도, 누군가를 때렸다고 한 적은 없었으니까 우리 아들들 정말 잘 자라줘서 감사해.

단 한 번, 초등학교 2학년 때 승원이가 정말 화가 난 목소리로 울면서 들어와 한 아이를 때려주지 못한 것이 화가 나고 억울하다고 정말 때리면 안 되냐고 물은 적은 있었단다. 엄마는 4년이 지난 지금도 그 날을 잊을 수가 없고 어제 이야기를 나누다 보니 승원이도 그때 때려주었다면 가슴이 시원했을 텐데 아직도 엄마를 생각해서 참은 게 원망스럽다고 하는 것을 보면 네게도 충격적인 일이었던 듯싶구나. 운동회를 하던 날 승원이의 반 남자 아이가 운동장에서 돌멩이를 밟으며 "너희 엄마 아프다고 했지? 이 돌이 너희 엄마야!"하며 돌을 걷어차고 "너희 엄마 이제 죽었어."라고 했다고 했지. 말싸움 끝에 그 친구를 때려주고 싶었지만 엄마가 절대 때려서는 안 된다고 해서 참았다며 정말 때려주면 안 되냐고 분함에 숨을 몰아쉬던 승원이에게 안아주는 것 말고는 해줄 수 있는 것이 없었다. 엄마도 네게는 참아야 한다고, 친구를 때리면 똑같은 아이가 되는 거라고 말했지만 마음으로는 어른인데도 그 아이를 불러다 혼내주고 싶을 만큼 화가 났었지.

하지만 승원아! 그날 네가 참지 못하고 그 아이를 때렸다면 그 아이가 네게 잘못한 것보다 그 아이를 때린 네 실수가 더 크게 보여서 네 마음은 더

화나고 억울했을 거야. 말을 할 수 있기에 사람은 짐승보다 낫다는 이야기처럼, 어떤 이유로든 말로 하지 않고 폭력이나 강압으로 해결하려는 것은 이성적인 행동도 아니고 사람이 해서는 안 되는 일이란다. 엄마와 아빠가 너희를 때리기보다 말로 타이르는 이유가 바로 여기에 있어.

어떤 이유에서든지 누군가를 때리다 보면 본래의 의도는 사라지고 감정이 실리게 되어 계획하던 것보다 더 많이, 더 세게 때리게 되고 때리고 난 후에 내가 왜 그랬나 싶어 가슴 아픈 법이니까 말이야.

마음으로가 아닌 물리력으로 누군가를 가르치고 해결하려는 방법은 분명 잘못된 것임을 다시 한 번 이야기하고 싶구나. 훗날 아버지가 되어서 너희 아이들, 그러니까 엄마의 손자들에게도 매를 들기보다는 마음으로, 말로 이해시키려고 노력하렴. 또, 너희를 힘들게 하는 그래서 주먹이 올라가게끔 하는 나쁜 사람을 만나더라도 꼭 그때처럼 그리고 지금처럼 엄마 이야기를 기억해서 절대 때리지 않고 참아내기를 부탁한다. 그건 바로 우리가 사람인 까닭이고, 사랑은 마음으로 전해지는 까닭이며, 진심은 강요하지 않아도 자연스레 밝혀지는 까닭이니까 말이야.

재원아! 승원아! 우리 지금까지처럼 사랑하며 살자꾸나. 다른 누구를 아프게 하지도, 상처를 주지도 말고 보듬어주고 이해해주며 우리가 조금씩 참아가며 살아가면 시간이 지나 잘했다고, 잘 참았다고 생각하며 웃는 날이 올 거야.

분노하여 가하는 일격은 종국에 우리 자신을 때린다.   - W.펜

만약 지금이 삶의 마지막 순간이라면
죽음에 관하여(2)

오늘은 말하기 쉽지 않았던 죽음에 관한 이야기를 다시 나눠보려고
해. 지난번에는 건강을 잃었을 경우에 대한 이야기였다면 이번에는 삶의
피할 수 없는 과정으로 조금 더 담담하게 이야기하고 싶다.

지난 시간 동안 언제 떠날지 모르는 엄마가 있기에 삶과 죽음이 누군
가의 잘못 때문이 아님은 이미 잘 알고 있을 거야. 너희는 하나님께 왜 아
무 잘못도 없는데 우리 엄마가 아프냐고, 낫질 않느냐고 기도하며 물었
지만 하나님은 누군가에 대한 벌로 죽음을 주시지는 않거든. 다른 건 몰
라도 꽃보다 고운, 너무나 어린 아이들이 주님 곁으로 일찍 떠나는 것을
보면 절대 죽음은 형벌이 아님을 확신할 수 있게 된다.

엄마도 그렇듯 엄마가 하늘만큼 땅만큼 사랑하는 너희도 언젠가는 죽

음을 생각할 수밖에 없는 순간이 올 거야. 엄마로서 상상하기도 싫은 일이지만 사람인 이상 죽음을 피할 수는 없으니까. 될 수 있으면 그 순간이 아주 먼 날의 이야기였으면 하고, 또 그 순간이 언제 오더라도 너희는 당당하게 받아들일 만큼 매 순간 성실히 살아가기를 기도한다.

인생은 하나의 실험이라고, 그 실험이 많아질수록 더 좋은 사람이 될 거라는 말이 있지. 그 말처럼 너희는 하고 싶은 일을 담아두기보다 매 순간 도전하고, 사람들을 사랑하며, 남이 가진 것이나 누리는 것과 비교하기보다 너희에게 주어진 시간에 감사하며 즐겼으면 좋겠단다. 그렇다면 누구보다 행복한 삶을 살아갈 수 있고, 8년 전의 엄마처럼 죽음을 두려워하는 일은 없으리라고 생각해.

다른 것은 모르겠지만 살고 죽는 문제는 인간이 해결할 수 있는 일이 아니더구나. 그것은 누구도 대신할 수 없는 신의 영역인 거야. 그러니 왜 제게 아픔을, 질병을, 죽음을 주시는 것이냐며 울부짖기보다는 담대한 마음으로 받아들이고 더 지혜롭게, 덜 고통스럽게 이겨내려고 노력하는 사람이 되었으면 한다. 이런 상황을 상상해야 한다는 것조차 싫지만, 사람에게는 어쩔 수 없이 겪어야 하는 일이니만큼 피하려들기 보다 당당하기를 바라는 마음이란다.

병원에서 보면 많은 사람이 같은 질병으로 고통 받지만, 같은 치료를 받으면서도 어떤 사람은 늘 웃으며 가족에게 그리고 의료진에게 도리어 희망을 주고, 어떤 사람은 치료를 받는 기간 내내 신세 한탄을 하고 고통스러워하는 것을 볼 수 있단다. 그런 모습을 보면서 엄마는 최대한 기쁜 마음으로 치료를 받으리라 맹세했다. 환자가 있다는 것만으로도 가족의 마음이 무거울 텐데 이겨나가려면 씩씩해야 하고 밝은 모습을 보여주는 것이 모두를 위해 좋은 태도이니까 말이야.

잘 쓰인 인생은 행복한 죽음을 가져온다고 한 레오나르도 다빈치의 말처럼, 어차피 맞이해야 할 상황이라면 지금 의연히 삶을 살아가는 편이 제대로 된 죽음에 대한 준비라고 생각되는구나.

우리는 원하던, 원하지 않던 이 세상에 태어났고, 많은 사람이 예상치 못한 질병에 걸려 괴로워하고 전혀 예측하지 못하게 그들과 이별을 한단다. 다들 피해가는 벼락을 맞기도 하고, 십 년에 한 번 일어날까말까 한 사고를 당하기도 하고, 기분 좋게 떠난 여행이 마지막이 되기도 해서 다시는 돌아오고자 해도 돌아올 수 없는 이별을 하게 되는 거야. 하지만 인생에 그저 잃기만 하는 것은 없다. 우리가 하나를 잃었다면 하나를 얻는 것이 분명히 있기 마련이야. 엄마가 병에 걸려 건강도, 명예도, 경제력도, 모든 것을 잃었다고 생각한 순간에 엄마는 가족들의 사랑을 확인했고, 엄마의 손발이 되어준 친구들의 우정과 사랑, 마음을 얻었던 것처럼 허전한 빈자리를 채워 줄 선물이 분명히 있을 거라 확신한단다.

죽음조차도 막상 당해야 하는 이들에게는 상상도 하지 못할 괴로움이지만, 지나온 삶에 대한 예쁜 추억과 그 사람이 얼마나 소중했는지에 대한 애틋한 깨달음을 주는 순간이 되리라고 생각한다.

오늘이 우리가 함께하는 마지막 날이라면 어떻게 살아갈까? 하고 싶은 일을 하고, 먹고 싶은 것을 먹고, 보고 싶은 사람을 보고, 듣고 싶은 노래를 들으며 미워했던 이들을 용서하는 시간을 보내지 않을까 한다. 하지만 우리는 그 마지막 날이 언제인지 모르는 이유로, 숨 쉬는 매 순간을 엄마가 죽음을 준비할 때 그랬던 것처럼, 하고 싶은 일이나 해야 할 일이 있으면 그때그때하고 말도 안 되는 행동으로 우리를 힘들게 해서 상처를 주는 이들조차 용서하려 애쓰며 살아야 한다. 물론 가족과 지인들에게 더없는 사랑을 주어야 하고 눈앞에 펼쳐진 자연의 경이로움에 가슴을 열어 감탄할 줄도, 그런 삶을 주신 신께 감사하는 것도 게을리하지 말아야만 1분 1초가 고통이 아닌 선물과 같은 아름다운 시간이 될 테니까.

우리 아들들! 부디 삶도 죽음도 피해야 할 고통이 아닌 아름답고 자연스러운 순간으로 받아들이기를 엄마가 기도할게.

이 세상에 죽음처럼 확실한 것은 없다. 그런데 겨우살이는 준비하면서도 죽음은 준비하지 않는다.   - 톨스토이

언제나 웃을 수 있기를! 마지막 그 순간에도….

마흔아홉 번째 편지

약속

우리는 사람을 만나고 그들과 함께 일하고 하루하루를 이뤄가며 살아간단다. 그러기 위해 서로가 할 수 있는 일, 서로가 해야 할 일을 이야기하고, 그 이야기들을 지켜가기 위해 새끼손가락을 걸고 약속이라는 의식을 행하기도 하지.

엄마는 어릴 적부터 약속은 꼭 지켜야 하는 거라고 배워왔고 그렇게 여겨왔었단다. 그런데 아프고 난 뒤로는 내일, 아니 몇 시간, 몇 분 뒤를 기약할 수 없어서인지 약속을 하고도 지키지 못하는 일이 빈번해져서인지, 인제부터인가 약속을 하지 않게 되었단다. 그렇게 되니 계획이라는 것을 세우기도 어렵게 되었고…. 무심코 사람들은 "내일, 몇 시에 볼 까요?"라고 말하지만 누구나 아무 일 없으리라 확신하는 그 내일을 기약하기 어려운 엄마는 그 말조차 부담스러워졌단다.

사실 엄마가 몸이 안 좋아지고 난 후 경제적인 어려움을 겪었고 그 탓에 많은 사람에게 시달리면서 때로는 지키지 못할 약속을 강요받아 지치고 힘든 마음에 한두 번 불확실한 약속을 했던 적이 있었지. 그렇게 시달리는 모습을 너희도 보았고 엄마가 참으라는 말에 아무 말도 못하고 있다가 거리로 나와 서럽게 울던 너희에게 너무나 미안했던 엄마는 결심했단다. 강요당하고는 절대로 말하지 말라는, 그리고 지킬 수 없는 것은 말하지 말라는 로우얼의 명언처럼 아무리 힘겨운 상황이라도 10%라도 지킬 수 없는 확률이 있는 것을 약속해서는 안 된다고 말이야. 너희에게 비굴한 모습을 보이기 싫다는 핑계로 오히려 더 비참한 모습을 보이고 약속을 지키지 않는 나쁜 사람이 된 것이 가슴 아리게 미안했었거든.

하지만 재원아! 승원아! 엄마는 최소한 너희에게 한 약속은 지키려고 온 힘을 다했음을 알아주렴. 오래전 재원이가 중학교에 입학하는 모습을 보겠다고, 어떻게든 살아내서 유치원 졸업식, 초등학교 입학식에 함께하지 못했던 미안함을 덜기 위해서라도 초등학교 졸업식만은 보겠다는 약속을 올해 지켜냈고 그 사실이 정말 감격스러웠단다. 하루 뒤의 약속도 지킬 수 있을지 모르던 엄마가 8년 전의 약속을 지켜냈으니까 말이야.

약속! 약속은 다른 사람과의 것이기 이전에 자기 자신에 대한 다짐이란다. 그렇기에 지켜져야만 하는 것이고…. 자기 자신과의 약속도 지키지 못하는 사람은 아무것도, 누구와의 약속도 지킬 수 없는 법이니 한마디를 하더라도 신중하게 하고 입 밖으로 나온 말은 지키려고 노력하렴.

그래서 엄마는 오늘 또 하나의 약속을 하려고 한단다. 우리 승원이가 중학교에 입학하는 것을 볼 때까지 건강을 유지해 보자고 말이야. 재원이와 승원이는 결혼해서 아기를 낳고 집을 짓고 사는 모습까지 봐달라고 부탁했었지? 그럴 수 있다면 더할 나위 없이 행복하겠지만 또 그러려고 정말 온 힘을 다해 노력해야겠지만 계획이라는 게 당장 지킬 수 있는 것은 아니니까…. 가까운 시일 내에 지킬 수 있는 것부터 세워서 하나를 달성하고 또 다른 계획을 세우고 약속하는 것이 중요하니까, 오늘은 승원이 중학교 입학식에 참석하는 것을 약속할게.

우리 아가들! 계속 성장하여 어른이 돼도 엄마에게는 영원히 눈에 넣어도 아프지 않을 만큼 작고 귀여운 엄지 왕자들아! 엄마가 너희와 약속한 것을 꼭 지키려고 노력할 테니까, 너희도 이것 하나는 약속해주렴. 지금처럼 잘 먹고 운동 많이 하며 건강하게 자라서 언제 어떤 약속이든 두려워하지 않는, 약속은 어떤 일이 있어도 꼭 지키는, 자기 자신에게 조금 더 성실한 사람이 되겠다고 말이야.

자신을 신뢰할 수 있는 사람만이 타인을 신뢰할 수 있다. 자기 자신을 신뢰한다는 것은 약속할 수 있는 능력의 조건이다.　　　　　　　　　　　- 에리히 프롬

편지

확률 게임

우리 천사들! 오늘은 유난히도 학교 가는 발걸음을 무거워 해서 이유를 생각해보니 시험을 보는 날이더구나. 매번 시험을 볼 때마다 공부보다 몸이 건강하면 되는 거라고 위로하기는 했지만, 그래도 마음은 쓰이나 보다 싶어 내심 귀여워 웃음이 나기도 한단다.

어제 문득 시험을 잘 볼 확률이 몇 %나 되는지 아느냐고 묻는 너희의 질문에 대한 답을 생각하다, 삶은 마치 확률 게임처럼 무언가를 할 때면 으레 성공 확률이 몇 %인가를 고민을 하게 되더라는 사실이 떠오르더구나. 마치 정해진 관례처럼 말이야.

하지만 돌아보면 엄마는 1%밖에 안 되는 부작용에 시달려 몇 날 며칠 힘겨운 시간을 보내기도 했었고, 성공 확률이 20%인 효과만을 믿고 수술을 하기도 했었단다. 결국, 중요한 것은 확률이 몇 %인가가 아니라 우리가 그 몇 %의 성공 확률에 들어가느냐, 들어가지 못하느냐라는 것이지.

아무리 99%가 성공을 해도 내가 실패하는 1%라면 기뻐하기 어려울 테니까 말이야. 우리 가족 모두가 좋아하는 예능 프로그램에 자주 등장하는 '나만 아니면 돼!' 라는 말처럼 정말 실패하는 사람이 나만 아니라면 우리는 확률과는 무관하게 성공의 즐거움을 만끽할 수 있을 거야.

그러니 성공 확률 1%의 게임이라 하더라도 해보고 싶다면, 그리고 성공할 수 있다는 소신이 있다면 확률로 실천 여부를 결정하고 후회하기보다는 과감히 도전하고 네게 주어진 모든 것을 쏟아 부었으면 한단다. 만약 수차례의 용기 있는 도전으로 점점 실패의 횟수를 늘려간다면 99%의 실패 확률이 점차 99%의 실패에 가까워지는 순간, 숱한 실패의 경험들은 1%의 성공하는 사람으로 너희를 발전시켜 줄 테니까 말이야. 확률은 말 그대로 숫자에 불과한, 그럴 수도 있는 '경우의 수' 일 뿐이라는 것을 명심하렴.

엄마에게는 상위 1%로 보이는 우월한 유전자를 소유한 배려심이 깊고 사랑 넘치는 아들들아! 너희가 시험을 잘 볼 확률이 1%라고 해도 엄마가 사랑하는 마음은 변함없으니 자신 있게 시험을 보고 오렴. 세상 모든 사람들이 공부를 못한다고 걱정해도 엄마만은 너희의 성공을, 다른 사람의 사랑을 듬뿍 받는 사회인으로 성장할 것임을 믿고 따스하게 안아 줄 테니까 좌절하거나 지치지도, 포기하지도 말고 자신 있게 오늘을 살아가려무나.

자기 마음이 옳다고 느끼는 것을 하세요. 어쨌든 비판을 받는 것은 마찬가지이기 때문이죠. 그것을 해도 욕을 먹고 안 해도 욕을 먹습니다.　　　 – 엘레노어 루스벨트 여사

토막글, 열

● 아흔한 번째 이야기

고통을 이기고 나니 밤입니다. 죽음은 두렵지 않은데 이별은 늘 제 몸과 마음을 붙잡아 놓습니다. 또 하루를 보내며 사랑하는 이들의 얼굴을 마음에 새깁니다.

● 아흔두 번째 이야기

우리가 불안한 것은 지나치게 많은 것을 손에 쥐고 있기 때문일 겁니다. 많은 것을 잃고 나니 미칠 듯이 괴롭던 시간에서 벗어나 자유를 느낍니다. 더는 잃을 것이 없으므로….

● 아흔세 번째 이야기

아이들을 돌보고 놀아주는 일이 버거운데도 왜 자는 아이들을 보면 깨우고 싶어지는지…. 그 환한 웃음에 세상 시름을 잊기 때문일 겁니다.

● 아흔네 번째 이야기

누군가에게 자신의 상처를 털어놓는 것만으로 80% 이상은 치료가 된다고 합니다. 힘들고 지칠 때 그저 수다 떨듯 털어놓고 위로받는 일이 그리 어렵지만은 않을 거예요. 물론 누구나 내 맘 같을 수는 없지만 그래도 담아두고 버거워하지 말고 털어놓으세요. 친구는 나의 힘듦과 기쁨을 함께해주는 '또 다른 나'이니까요.

● 아흔다섯 번째 이야기

별 일 없음이 얼마나 다행한 일인지, 행복한 일인지 모르고 살았습니다. 단 몇 시간, 아니 몇 분이라도 아무런 고민 없이 하늘을 바라보는 것이 소원이 되기 전까지는….

● 아흔여섯 번째 이야기

또 하루가 갑니다. 이는 또 다른 하루의 시작을 의미하겠지요. 어쩌면 정반대라고 생각하는 것들이 같은 선상에 놓인 하나의 점이 아닐까 싶네요. 시작이 끝이요, 끝은 시작이며 사랑과 미움도, 만남과 헤어짐도 그저 삶이라는 선상에 놓인 하나의 점에 불과하다는 생각에 모든 것을 받아들일 수 있을 듯 가슴이 넓어집니다.

● 아흔일곱 번째 이야기

살면서 볼 수 있는 몇 가지 아름다운 모습이 있습니다. 갓난아기에게 젖 물리는 엄마, 두 손을 꼭 잡고 걷는 노부부, 땀에 젖도록 열심히 일하는 아빠의 뒷모습…. 우리네 삶의 모습입니다. 우리 모두는 아름답습니다.

● 아흔여덟 번째 이야기

우리는 함께해 온 시간, 그간 나눈 많은 대화를 믿고 서로의 사랑, 힘듦을 굳이 표현하지 않아도 알고 있으리라 예단합니다. 하지만 많은 시간, 다른 환경, 다른 생각을 하고 살아왔기에 닮았지만 다른 사람임을 인정해야 합니다. 서로의 믿음이 99%라 해도 1%의 다름이 또는 1%의 모름이 해일처럼 무서운 불신이 되어 그간 나누었던, 함께 쌓아왔던 많은 것들을 무너뜨리기도 하죠. 뭐든 표현하는 용기가 필요합니다. '말 안 해도 알지?', '힘든 걸 얘기해야 알아?' 라고 말하는 대신 늘 사랑해왔고, 앞으로도 그럴 거라고, 변함없이 믿고 힘이 되어줄 거라고 고백한다면 오늘이 더 행복해질 것 같습니다.

● 아흔아홉 번째 이야기

너무 먼 곳, 먼 훗날을 꿈꾸지 말고 지금까지 이뤄온 것들에 대해 행복해 하고 감사했으면 합니다. 오늘도 병실에 함께 있었던 한 사람이 하늘로 갔습니다. 하지만 그 환자의 표정은 정말 밝고 환한 웃는 얼굴이었습니다. 모든 이가 두려워하는 순간에도 웃을 수 있는 삶, 바로 지금 감사하고 행복해야 가능할 것 같습니다.

● 백 번째 이야기

기도합니다. 본의 아니게 저로 인해 마음의 상처를 입은 사람이 있다면 진심으로 저를 용서해주기 바라고 저 역시 응어리진 것이 있다면 모두 풀어내고 평온한 마음으로 주님 곁에 갈 수 있도록 해 달라고요. 언젠가부터 편을 가르고 옳고 그름을 밝히고 내 것과 내 것이 아님을 분명히 해온 것 같은 우리의 시간…. 하루 정도는 무조건 용서하고 화해하고 안아주면 어떨까요? 용서는 사람만이 할 수 있는 사랑의 또 다른 표현입니다.

우리가 보지 못하는 삶의 아름다움을 보려 노력하고,
그 행복을 기도했으면 좋겠습니다. 그리고 주는 사랑
이 깨닫게 해주는 행복을 느꼈으면 합니다.

가끔 돌아봅니다. 참 열심히, 정말 쉼 없이 살아왔던 시간을….

때로는 한 판 크게 벌여놓고 온 힘을 다해 놀이에 빠진 광대처럼, 때로는 내리쬐는 태양 아래 거나하게 한 잔 마시고 난 동네 아재처럼 이 한 세상 원 없이 살아왔다 웃어지네요.

삶에는 정답이 없었습니다. 아프기 전에는 그 답을 찾아 그대로 살기 위해 무던히도 애를 썼지만 아프고 난 후 오히려 자유로워졌습니다. 주어진 지금의 삶에서 온 힘을 다하는 것이 정답은 아닐지라도 최소한 모범답안은 되어줄 거라는 믿음이 생겼습니다. 할 수 없게 된 일을 아쉬워하며 눈물을 흘리기보다 지금 할 수 있는 일을 찾아 실천하고, 닥치지 않은 내일을 걱정하기보다 내가 서 있는 오늘을 즐길 수 있는 삶을 살고 있습니다.

사람들은 걱정하며 묻습니다. 그 몸으로 무슨 일을 하고, 글을 쓰냐고…. 아이들은 또 어떻게 키우느냐고…. 하지만 아프기에 건강할 때 미처 돌아보지 못한 많은 사람의 슬픔을 공감할 수 있고 하늘이 주신 글을 쓰는 일에 대한 겁 없음이, 일없이 누워 흐르는 세월을 지키고 있기보다는 그 세월에 글을 새기고 그림을 그릴 수 있도록 해 주었기에 그리 힘겹지만은 않았음을 고백합니다.

우리는 어쩌면 보고 싶은 것만 보고 있지는 않은가 합니다. 중환자실에 누워 숨조차 쉬지 못하고 기계에 의지하고 있는 환자도 그 마음으로는 자신의 아이를, 자신의 배우자를, 자신의 부모를 끊임없이 걱정하고 배려하며 무엇보다 온 마음을 다해 사랑하고 있을지 모르는데 말입니다.

오래전에 써 놓은 글에 살을 보탠 것뿐이지만, 부디 이 책을 읽은 여러분은 우리가 보지 못하는 삶의 아름다움을 보려 노력하고, 그 행복을 기도해주는 사람이었으면 합니다. 그리고 주는 사랑이 깨닫게 하는 행복을 느꼈으면 합니다.

여러분 모두는 누군가의 부모이고, 자녀이며, 형제이고, 친구입니다. 누군가의 소중한 사람입니다. 자신을 아끼고 곁에 있는 누군가를 아껴주기를, 그로 말미암아 나눔으로써 더 커지는 행복을 만끽하기를 기도합니다.

저는 물론 출판을 맡아준 엉진미디어 관계자 여러분도, 이 책을 읽는 여러분의 손에 행복이 전해지게 하려고, 싫은 소리나 나쁜 마음을 담지 않으려고, 좋은 말만 하고 좋은 생각만 했습니다. 그 정성어린 마음과 진심이 이 책과 함께 드리는 가장 큰 선물입니다.

행복하세요. 여러분을 사랑합니다. 하늘만큼 땅만큼, 아니 우주만큼!

제 책의 출간을 기다리다 먼저 하늘나라 여행을 떠난 정윤이와 환우들,
그리고 보육원에서 만난 어린 천사들의 고사리 같은 두 손에 이 책을 바칩니다.

아프지 않게
서로 지켜주는 게 가족이잖아요.
엄마, 사랑해요!

쾌유를 기원하며…. 사랑하는 딸 혜정아!

엄마도 아빠도 네 강인함에 놀랄 만큼 모든 아픔을 웃음으로 이겨내는 우리 딸! 참 용하다. 10여 년 계속된 그 참기 어려운 아픔과 고통 속에서 책을 출간하다니…. '역경 속에서 기어이 해내는구나, 저력이 있구나!' 라는 생각에, 수많은 절망의 날을 보내왔던 아빠는 회복과 재기는 이젠 시간문제일 뿐이라는 확신과 희망으로 안도감을 가진다. 그래서 네가 대견하고 고맙다.

사랑하는 딸, 혜정아! 아기였을 때부터 지금 이 시간까지 아빠는 널 정말 사랑했고 또 남다른 기대를 갖고 있다. 아장 대던 아기 때도 예뻤고 초등학교 때 신문사 강단에서 노래하던 귀여운 네 모습도 아빤 잊을 수가 없단다. 그러던 네가 어느 날 결혼을 하고 역사 선생님이 됐을 때, 아빠는 말할 수 없이 기뻤다. 그때 아빠는 네가 지금 나이쯤엔 우뚝 선 교수로 이 나라 학계에서 주목받는 명사가 될 거라고 기대했었다.

호사다마(好事多魔)라고 했나? 적당한 용어일는지 모르나 어느 때부터인가 넌 사선을 넘나드는 치명적인 병마에 휘둘려 병실이 제집인 양 아파서 고통 받는 절망의 나날을 보내게 됐다. 몸이 굳어지는 희귀병을 이겨내려고 애쓰는 널 어찌할 수 없이 멍하니 손 놓고 바라보고 있어야 하는 아빠의 그 처연한 마음을 어찌 필설로 다 표현할 수가 있겠니?

'가슴이 찢어지는 아픔이란 게 이런 거구나.'를 너 때문에 알게 됐다. 모든 걸 다해주고 싶은데 가진 건 부족하고 마음만 바쁠 뿐 아무것도 해줄 게 없다는 부끄러움에 엄마, 아빠는 지금 이 시간도 눈물이 앞을 가린다.

해맑은 웃음이 정말 예쁜 혜정아! 너도 알듯 믿음이 부족한 교인인 아빠가 새벽에는 '아버지 하나님, 오늘 하루도 혜정이가 덜 아프고 조금이라도 호전되는 하루를 보내게 은혜 주옵소서!' 라고, 또 잠들기 전에는 '아버지 하나님, 오늘 하루도 혜정이를 온전히 보살펴 주셔서 감사합니다. 오늘보다 더 좋은 내일이 온다는 희망 속에 고통 없이 잠들 수 있게 은혜 주시옵소서!' 라며 갈구하는 심정으로 기도를 드린다.

며칠 전인가, 비록 재원이의 부축을 받긴 했지만 엘리베이터를 타려고 힘들지만 노력하는 네 모습을 보면서 너의 강인함에 또 한 번 놀랐다. 조금씩 회복이 되고 있다는 희망에 아빠는 흐르는 눈물을 주체할 수 없었단다. 아마도 기쁨의 눈물이란 게 이런 건가보다.

혜정아, 아빠는 너 때문에 조금 더 살고 싶다! 사람은 누구나 한두 번은 살면서 환자가 될 수도 있는 거라 생각한다. 하지만 너와 같은 중환자의 경우엔 무던한 인내와 싸워 이길 수 있다는 강인함이 절대적으로 필요하다. 넌 참 잘 견뎌내고 있어서 아빠가 정말 감사하다.

솔직히 지금도 네가 전화만 조금 늦게 받는다든지, 목소리가 나쁘면 아빠는 별스런 걱정이 앞선다. 한마디로 피가 마르는 듯하다.

사랑하는 귀한 딸, 혜정아! 다섯 손가락 중 깨물어 안 아픈 손가락이 없다는 옛말이 있지. 그렇지만 똑같이 깨물어도 더 아픈 손가락이 있듯이, 내게 그 손가락은 너인 듯하다. 아빠의 꿈이랄까, 바램은 오직 하나이다. 네가 하루라도 빨리 건강을 되찾아 본래의 모습을 되찾는 것이다. 현재의 내게 이 소망은 'NO.1' 이 아닌 'ONLY ONE' 이다. 10년 전의 너로 되돌려 놓는 데 우리의 여력을 다 바치고자 한다. 이 소박한 희망을 조금은 앞당겨 줬으면 한다. 엄마의 의무는 자식이 독립할 그날까지 뒷바라지하는 것이고 그러려면 우선 네가 건강하게 오래 살아야 하지 않겠니? 네가 무너지면 엄마 노릇을 어찌할 수 있겠니? 자명한 답을 알면서 정도를 돌아가면 도리도 아닌 것이다. 그런데 간혹 너무 조급해 하는듯해. 아빠는 솔직히 말하라면 안타까울 때가 많다. 조급해 하지도 말고, '행여나 내가…' 라는 생각노 하지 말았으면 한다. 네가 아빠 나이만큼만 산다 해도 30년이란 결코 짧지 않은 기나긴 세월이 네게 남아 있단다. 건강해지기만 한다면 네가 원하는 모든 일을 할 충분한 시간이 있으니, 딸아! 올해 한해는 네 건강을 회복하는 데만 전념을 다해보자.

혜정아! 내 손을 잡아라! 그리고, 우리 산책 나가자!

문득 아빠가 좋아하는 글귀 한 대목이 생각나 네게 주고자 한다. '자타불이(自他不二)'란 말이 있지. '내가 너이고 네가 나이니 너와 내가 서로 다른 둘이 아닌 하나'라는 불경에서 접한 글과 '내 안에 네가 있고 네 안에 내가 있느니라' 하는 성경에서 만난 글이다. 엄마, 아빠와 너는 몸과 마음이 결코 둘이 아닌 하나라는 의미의 글귀로, 요즘 너에 대한 우리의 심정을 잘 표현해 주는 것 같다.

혜정아! 아빠 주문이 너무 많은가 싶지만 아빠나 네가 꼭 해야 할 일이라 믿는다. 물론 작년보다는 올해가, 그제보다는 오늘이, 네 병세가 좋아지고 있으니 다행이고, 이 하늘 아래서 너와 호흡을 나누는 것만으로도, 함께 숨 쉴 수 있다는 자체만으로도 나는 하나님께 늘 감사드리고 있다. 사랑하는 의지의 화신인 혜정아! 아빠는 하늘 높고 물 맑은 10월의 어느 날쯤에 네가 양손에 엄마, 아빠의 팔짱을 끼고 율동공원 호숫가를 걷는 모습을 그려본다. 어제의 아픔을 네 해맑은 웃음과 함께하며 즐기는 그날이 어느 날 갑자기 올 것만 같다. 물론 네가 사랑하는 재원이, 승원이와 함께 말이다.

혜정아! 아빠 나이만큼은 꼭 건강한 몸으로 살아줘야 한다. 이건 네가 꼭 해야 할 부모에 대한 의무이다. 넌 효녀이니 꼭 아빠의 당부를 지켜 주리라 확신하며 믿는다. 엄마와 아빠는 하늘 끝 땅 끝만큼 널 사랑한다. 영원히…. 그리고 책 출간을 정말 축하한다!

– 아빠, 엄마가

🍂 힘들고 고통스러운 기나긴 날들 속에서도
항상 밝은 모습으로 엄마의 자리를 지켜줘서 정말 고마워.

할 수만 있다면 당신 기억 속에서 고통스러웠던 날들은 비워내고 지금
처럼 밝은 모습만 남겨 두고 싶은 마음이 간절해.

당신을 향한 내 마음을 다 적어놓기에 글로는 부족하겠지만 하나만 알
아줘. 영원히 당신 곁에서 재원이, 승원이와 함께 응원할게. 사랑해.

– 사랑하는 당신의 남편이

🍂 엄마! 몸도 편찮으신데 저희 때문에 고생이 많으시죠?

앞으로는 엄마가 덜 힘들도록 저랑 승원이가 속 안 썩이고 말도 잘 듣
고 엄마 일도 더 많이 도와드릴게요.

그런데 엄마 요즘 너무 무리하시는 것 같아요. 매일 세 번씩 병원에 다
니시는 것도 힘드신데, 일도 많이 하시고 잠도 매일 못 주무시니까 더 아
프잖아요. 엄마 아프실 때는 제 마음도 걱정스럽고 힘들어요. 그러니까
절대 무리하시면 안 돼요. 저랑 승원이가 꼭 도와드릴 테니까 힘들 때 말
씀하셔야 돼요.

사랑해요. 엄마~!

– 아들 재원이 올림

🖋 사랑하는 엄마께.

엄마! 엄마를 위해 짧지만 최선을 다해서 편지를 씁니다.

엄마 몸도 안 좋으신데 밤새 책 쓰시고 시나리오 쓰시느라 많이 힘드시죠? 제가 글을 못 써서인지 글짓기하라고 하면 너무 힘들어서 걱정도 되었지만 한편으로는 엄마가 정말 자랑스러웠어요.

엄마가 선생님일 때도, 방송에서 노래할 때도, 글 쓰시는 지금도…. 저랑 형아한테 엄마는 항상 자랑스럽다는 것을 잊지 마세요. 전처럼 저희에게 미안하다고 하며 울지 마시고요. 엄마를 괴롭히는 아저씨도 혼내주고 싶었는데 엄마가 참으라고 해서 참았던 거니까, 엄마 이야기를 안 믿어주는 나쁜 사람이 있으면 꼭 형아랑 저한테 일러야 돼요. 그래야 저희가 지켜 드릴 수 있거든요. 엄마도 학교에서 나쁜 친구가 때리거나 힘들게 하면 숨기지 말고 얘기하라고 하셨잖아요. 아프지 않게 서로 지켜주는 게 가족이라고요. 엄마, 사랑해요! 하늘만큼 땅만큼이요. 아니 우주만큼이요.

– 아들 승원이 올림

🖋 내가 정말 부러워하는 하얀 피부에

약간은 통통하고 귀여웠던 친구야!

벌써 25년이 되어가는 고등학교 시절, 언제나 당당하고 모임에서도 홉

인력 강한 단장이었던 녀석! 내가 글을 잘 못 써서 표현하기 어렵지만 장하다. 부디 건강하게 이겨내자!

– 친구 경모가

🍃 나의 사랑하는 친구, 변혜정!

힘들어도 웃으며 잘 이겨내는 너의 모습을 보며 난 많은 것을 느끼고 내 삶을 돌이켜볼 수 있게 되었다. 재미없는 이야기도 항상 웃으며 들어주는 친구! 앞으로도 그 웃음을 계속 간직하길 바라며 우리 우정 또한 변치 않길 바란다.

– 고등학교 동창 진수가

🍃 어렵고 힘든 역경 속에서도
항상 웃음을 간직하고 있는 자랑스러운 친구, 혜정아!

너를 통해 진정한 행복과 사랑의 모습을 발견하게 된 것에 감사한다. 무슨 일이든 긍정적으로 생각하고 미움과 원망의 나쁜 마음을 버리려고 노력하는 너를 볼 때마다 내 자신이 얼마나 초라하고 부끄럽게 느껴지는지….

가진 것에 대해 감사하기보다는 가지지 못한 것에 대한 원망과 불평으로 얼룩진 나의 생활이, 너를 통해 반성하고 감사하는 생활로 변하게 해줘서 정말 고맙다.

너를 바라보면 난 나도 모르게 너에 대한 기대가 생겨난다. 어떤 기대인지 궁금하지? 하나님께서 너를 통하여 하실 일들에 대하여 너무너무 기대되고 궁금해. 많이 아프고 힘들겠지만 지금처럼 행복한 모습을 잘 지켜나가길 바래. 사랑한다. 친구야! 파이팅!

- 친구 승열이가

세상 그 무엇과도 바꿀 수 없는 보물을 가진 혜정이에게!

너를 통해 어머니의 자식 사랑을 느낄 수 있었다. 자신의 몸도 돌보기 힘든 상황에서도 두 아들이 네 옆에 있었기에 네가 더욱 더 힘을 내는 모습을 보며, 세상에서 가장 큰 힘을 가진 사람은 어머니라는 것을 너를 통해 다시 한 번 느꼈다. 건강해라! 힘내고!

- 친구 광욱이가

변혜정 님을 보면 쓰러질 듯
절대 쓰러지지 않는 오뚝이 같습니다!

힘든 얼굴에도 늘 재미를 찾으며 웃는 모습이 저를 아니 주변을 환하게 해주는 마법을 지닌 사람 같아요.

너무 힘들어 보여서 무엇이든 해주고 싶은 것이, 그녀와 함께 있어주는 것이 최선이지만 도리어 그녀를 보며 제가 웃고 힘을 얻습니다.

- 주사실의 간호사 김성숙

2004년 어느 가을, 중증근무력증과 천식으로 호흡이 불안정한 상태에서 중환자실로 이송된 환자. 신입시절 어설펐던 나였지만 그때 만난 담당 환자가 바로 언니에요.

숨이 차서 말조차 하기 어렵고 움직이기도 어려운 상태였으며, 의식이 있는 상황에서는 견디기 힘든 중환자실 생활에서도 적극적으로 치료에 임하고 도리어 어설픈 나의 간호에도 웃어주고 용기와 힘을 실어주던 언니를 알고 지낸 지도 벌써 8년째네요.

긴 투병생활 동안 삶과 죽음의 경계를 넘나들고 여러 가지 문제로 고통의 시간을 보내면서도 언니는 늘 본인보다는 남을, 그리고 저를 격려해주었습니다. 너무나 긍정적이어서 참기 힘든 상황에서도 늘 웃는 언니가 애처롭지만, 그 마음이 항상 고맙고 한결같은 사람…. 그 언니가 나의 친구이자 멘토인 것이 자랑스럽습니다.

- 2004년 중환자실에서 만난 동생 보미가

나무의자

변혜정 지음

아파트가 지어지고 있는 공사장 옆 아주 오래된 호숫가에, 그곳을 지켜온 오래된 나무 할아버지가 살았습니다. 호숫가에 자리 잡고 햇살 가득한 날에는 호수에 그늘을 주고 다람쥐 친구처럼 작은 동물들에게는 먹이도 주는 고마운 나무였지만 이제는 너무 지치고 힘겨워 열매 무성하던 가지도 부러진 채 힘겨운 하루하루를 보내고 있었죠.

아파트 공사 때문에 많은 동물이 떠나고 남아 있던 작은 동물들에게나마 자신의 열매를 내어주고 나뭇잎 그늘을 선사하는 재미로 살던 나무 할아버지가 몸이 아파 더는 열매를 선물할 수 없게 되어 모두가 곁을 떠난 어느 날, 하늘 가득 먹구름이 몰려 왔고 뚜두둑 비가 내리기 시작했어요. 그때 하늘을 날던 작은 새 한 마리가 비를 피해 나뭇가지가 부러져 생긴 나무의 작은 구멍 안으로 들어왔죠.

새가 나무 할아버지에게 말했어요.

"나무 할아버지! 저는 엄마, 아빠를 찾아가던 길인데요. 비가 와서 잠시 쉬었다 가려고 하는데 괜찮을까요?"

나무 할아버지가 대답했어요.

"그럼, 얼마든지. 비도 쉽게 그칠 것 같지 않은데 몇 개 남지는 않았지만, 열매로 허기를 채우고, 푹 쉬고 젖은 날개도 말리고 가렴."

새는 기뻐하며 나뭇가지에 작게 패인 틈 위로 날아 앉았습니다.

그렇게 새는 나무와 함께 지내기로 하고 젖은 날개를 부리로 만져가며 몸을 털어내고 있었습니다. 그때, 반가워 들뜬 얇고 작은 목소리가 들려왔어요.

"안녕! 정말 오랜만에 온 친구구나! 그동안 나무 할아버지와 나뿐이어서 무섭고 심심했는데…."

작은 새는 아무것도 보이지 않는데 말소리가 들려 깜짝 놀라 동그랗게 커진 눈으로 두리번거렸어요. 그때, 또 목소리가 들렸죠.

"날 찾고 있는 거지? 하긴, 나도 너처럼 아직 어리니까 찾기 어렵겠다. 고개 숙여 네 발밑을 봐."

새는 서둘러 발을 떼어 한걸음 뒤로 물러서 발밑을 보았고 이제 막 싹이 튼 민들레를 발견했어요.

"반가워! 넌 어디서 왔니?"

민들레는 웃으며 말했죠.

"글쎄…. 나도 모르겠어. 어느 날 바람이 세게 불었는데 엄마, 아빠, 형제들과 헤어져서 여기까지 날아와 버렸거든. 그러다 나무 할아버지의 가지를 잡고 내려와 여기 살게 됐어. 전에는 다람쥐도, 다른 새들도 많이 놀려왔었는데 산 옆에 아파트가 생기고부터는 어디로 갔는지 아무도 오지 않게 돼서 심심했는데 네가 와서 반갑다!"

그때 나무 할아버지가 말했어요.

"그래. 반갑다. 우리 민들레가 아주 심심해했거든."

나무 할아버지와 민들레는 늦여름 내내 계속된 비를 온몸으로 막아주고, 먹을 것도 주며 새와 좋은 친구가 되어갔어요. 하지만 새는 다시 추워지기 전에 자신의 고향으로 떠나야 한다는 걱정에 더 오래 머물면 안 되겠다는 생각을 하고 말했습니다.

"민들레야! 그리고 나무 할아버지! 저, 사실은 서둘러 떠나야만 해요. 너무 늦어지면 추워져서 견딜 수 없게 되거든요. 이제 비도 멈추는 것 같고 내일은 떠나야 할 것 같아요."

민들레는 갑작스러운 헤어짐에 고개를 숙였어요.

그때 나무 할아버지가 말했죠.

"그럼, 그럼. 이제 곧 겨울이 올 테니 떠나야겠지. 아파트 공사도 끝나가니 나도 앞으로 얼마나 더 이곳을 지킬 수 있을는지 모르는 일이고…. 그렇다면 부탁 한 가지만 들어주겠니? 가는 길에 민들레를 태우고 떠나주면 좋겠는데…."

참새는 외로운 여행길에 민들레가 함께 해줄 거란 생각에 뛸 듯이 기뻤어요.

"정말요? 그래도 돼요? 할아버지가 심심하실 텐데 괜찮으세요?"

민들레는 걱정스러운 듯 고개를 떨어뜨리며 말했어요.

"새야! 나도 널 따라가고 싶지만, 그리고 언젠가는 떠나게 되겠지만 할아버지가 너무 걱정돼. 나도 떠나면 할아버지가 너무 외로우실 거야."

나무 할아버지는 민들레의 파란 잎을 쓰다듬으며 말했어요. "너도 땅에 자리를 잡고 꽃을 피우고 또 다른 여행을 해야 한단다. 그렇게 친구와 가족을 만나고 또 다른 아기를 낳고 그들도 너처럼 바람을 타고 또 다른 여행을 떠나야만 하는 거야. 누구나 때가 되면 그렇게 곁을 떠나 자신이 살곳을 찾아 긴 여행을 해야만 한단다. 우리 예쁜 아기 새가 우리와 만난 것처럼 또 다른 가족을 만들어가는 것이 어른이 되는 과정이야. 게다가 이제 가을이 오면 나뭇잎도 떨어지고 내년에 다시 잎이 날지 어떨지조차 모르는데 거센 비바람으로부터 너희를 지켜줄 수 있을지 자신이 없기도 하고…. 그러니까 내 걱정은 하지 말고, 두려워하지도 말고 새와 함께 떠나렴."

새가 말했어요.

"그래. 민들레야. 함께 가자. 나도 여기 올 땐 아기였지만 나무 할아버지와 네가 도와줘서 이만큼 자랐어. 너도 어른이 되어가니까 다른 민들레들처럼 땅으로 내려가 좋은 친구들을 만나야 하잖아. 어쩌면 할아버지도 점점 널 돌보시는 것이 힘들어지실지도 몰라."

다음 날 그동안의 오랜 비가 거짓말이었던 것처럼, 하늘 아래 숲 속에는 햇살이 가득 비추었어요. 나무 할아버지는 새와 민들레를 깨워 자신의 열매와 잎을 내어주며 말했어요.

"자! 이젠 헤어져야 할 것 같구나. 더는 줄 수 있는 것이 없으니 이것이라도 가지고 가렴. 오늘같이 햇살 좋은 날 떠나야 덜 피곤하고 하늘을 날기에도 좋을 테니 어서, 서두르렴."

새가 나무 할아버지에게 말했어요.

"할아버지! 그동안 정말 감사했어요. 힘들 때 기대어 쉬고 그늘도 되어

주셨기에 이만큼 자랄 수 있었어요. 친구 민들레도 만났고요."

민들레는 아무 말 없이 눈물을 흘렸어요. 기다란 잎 가득 촉촉하게 이슬인지, 눈물인지 모를 것이 계속 흘러내렸거든요. 새는 작은 부리로 민들레 주변의 흙을 콕콕 쪼아 작은 민들레 뿌리를 들어내 등위로 옮겼어요. 민들레는 말했어요.

"나무 할아버지. 전 할아버지 없이 살 수 없을 것 같아요."

나무 할아버지가 말했어요.

"아니야. 지금은 힘들어도 네가 살아야 할 곳은 너른 땅이란다. 할아버지는 잘 자라난 너희를 보내는 지금이 정말 감사하고 기쁘단다. 너도 새로운 친구들을 만나면 곧 잊게 될 테니 울지 말고…. 내가 지금 기쁘게 웃을 수 있는 이유를 너도 곧 알게 될 거야. 자! 서둘러야지."

나무 할아버지가 돌봐주는 동안 몰라볼 만큼 성장한 새는 날개를 퍼덕이며 날아오를 준비를 했어요.

"할아버지! 내년에 꼭 돌아올게요. 그때까지 건강하셔야 해요. 꼭 이자리에 그대로 계셔주셔야 해요!"

나무 할아버지는 가지 끝에 몇 개 남지 않은 나뭇잎을 흔들어 인사했어요.

"그래. 건강하게 여행하고 돌아오렴. 덕분에 행복하고 즐거운 여름을 보냈단다. 민들레도 좋은 곳에 내려주고! 하늘이 참 아름다운 날이구나!"

오랜만의 날개 짓에 새는 떨어질 듯 파닥거렸지만, 곧 나무 할아버지 위로 날아올라 그 주변을 세 바퀴 돌고는 구름 위로 사라졌습니다. 그렇게 그들은 헤어졌습니다. 나무 할아버지는 한참을 바라봤지만, 그 자리에서 한 발 자국도 움직일 수 없었습니다.

　이제 새와 민들레를 만나기 위해 나무 할아버지가 할 수 있는 일은 그저 기다리는 것뿐, 자신의 모든 것을 주고 키웠지만 떠난 뒤에 할 수 있는 것은 아무것도 없었습니다. 하지만 나무 할아버지는 슬프지 않았습니다. 오히려 길게 자란 민들레가 땅을 찾아가는 것이 기뻤고, 그렇게 높게 날아오를 만큼 새가 성장한 것이 대견했습니다. 이제 자신과 이야기를 나눌 친구도, 자신을 감싸줄 나뭇잎도 남아 있지 않다는 것조차 깨닫지 못할 만큼 새와 민들레가 어른이 되었다는 기쁨에 비하면 나무 할아버지 자신의 희생쯤은 아무것도 아니었으니까요.

　1년이 지난 뒤, 민들레는 잔디밭에서 많은 친구와 예쁜 아내를 만나 수많은 아기를 바람에 실려 띄워 보내며 나무 할아버지가 자신을 떠나보내며 웃을 수 있었던 이유를 깨닫게 되었습니다. 하지만 오랜 친구인 새가 날아와 나무 할아버지를 보러 가자고 했을 때 함께할 수는 없었습니다. 자신의 뿌리가 땅속 깊이 자리 잡아 더는 그 자리를 떠날 수 없게 되었거든요. 아쉽지만 혼자라도 나무 할아버지를 뵙기 위해 새는 1년 전 날아온 그 하늘을 되돌아 날았습니다.

　그러나 그 자리에는 나무 할아버지가 없었습니다. 오래된 호수는 아파트 옆에 새로 생긴 공원 가운데 남았지만 수백 년간 그 자리를 지켜온 나무는 베어지고 남은 밑동에 페인트가 칠해진 의자가 되어 동그마니 놓여 있을 뿐이었습니다. 구름도 뚫을 만큼 높은 아파트들 사이에 낮게 놓인 밑동 위로 새가 조심스레 날아 앉았습니다. 이미 생명을 잃고 나무의자가 되어버린 나무 할아버지였지만 그렇게라도 멀리에서 자신을 보기 위해 날아온 새에게 쉴 곳을, 기댈 곳을 줄 수 있어 한없이 기뻤습니다.

나무 할아버지는 그렇게 자신의 모든 것을 주어 새와 민들레를 사랑했습니다.

소원 ; 해주고 싶은 것들

초판 1쇄 인쇄 2011년 7월 25일
초판 1쇄 발행 2011년 7월 30일

지은이	변혜정
펴낸이	이준경
펴낸곳	(주)영진미디어
출판 등록	2011년 1월 7일 제141-81-22416

주소	경기도 파주시 교하읍 문빌리 504-3 파주출판단지 영진미디어 사옥
전화	031-955-4955
팩스	031-955-4959
이메일	book@yjmedia.net
홈페이지	www.yjbooks.com
디자인	디자인허브
종이	동방페이퍼(주)
출력	하람커뮤니케이션
인쇄	광문인쇄사

값 13,000원
ISBN 978-89-965772-4-9